BASTEI
LÜBBE

Von Esther Vilar ist bei Bastei Lübbe Taschenbücher lieferbar:

60483 Denkverbote

Über die Autorin:

Esther Vilar wurde in Buenos Aires, Argentinien, als Tochter deutscher Emigranten geboren. Sie arbeitete als Ärztin, bevor sie sich ganz auf ihre schriftstellerische Arbeit konzentrierte. Ihre Bühnenstücke werden weltweit aufgeführt. In der Verlagsgruppe Lübbe sind von ihr u.a. erschienen: *Heiraten ist unmoralisch* (1994), *Denkverbote. Tabus an der Jahrtausendwende* (1998) sowie *Eifersucht. Roman für drei Faxmaschinen und ein Tonbandgerät* (1999).

Esther Vilar

Die sieben Feuer von Mademoiselle

BASTEI LÜBBE

BASTEI LÜBBE TASCHENBUCH
Band 14917

1. Auflage: Juni 2003

Vollständige Taschenbuchausgabe
der im Gustav Lübbe Verlag erschienenen Hardcoverausgabe

Bastei Lübbe Taschenbücher und Gustav Lübbe Verlag
sind Imprints der Verlagsgruppe Lübbe

Lektorat: Regina Maria Hartig
Einbandgestaltung: Gisela Kullowatz
Titelabbildung: Image Shop
Satz: Kremerdruck GmbH, Lindlar
Druck und Verarbeitung: Ebner & Spiegel
Printed in Germany
ISBN 3-404-14917-3

Sie finden uns im Internet unter
http://www.luebbe.de

Der Preis dieses Bandes versteht sich einschließlich
der gesetzlichen Mehrwertsteuer.

Unter den verurteilten Brandstiftern
sind nur vier Prozent weiblich.
So gut wie alle von Frauen mit krimineller
Absicht gelegten Brände haben ihre Ursache
in unterdrückten Emotionen,
darunter am häufigsten in Eifersucht.

Stephen Barlay
FIRE, an International Report

Warum kommst du nicht mal zu uns rüber und spielst mit Caroline?«

Im Leben eines jeden Menschen gibt es Sätze, die er nicht vergisst. Schon deshalb, weil ihm seine Umgebung nicht erlaubt, sie zu vergessen. In meinem Fall war es dieser Satz, den sie mich nicht vergessen ließen, der über das Herüberkommen und das Spielen mit Caroline. Der Ort, an dem er ausgesprochen wurde, war Washington, D.C., der in Aussicht genommene Spielplatz das Weiße Haus, die Person, die ihn formulierte, war kein Geringerer als John F. Kennedy, und bei der vorgeschlagenen Spielgefährtin handelte es sich um seine kleine Tochter, um Caroline eben.

Wir sind Argentinier und waren erst vor zwei Monaten von Lima nach Washington umgezogen, wo man meinem Vater, einem Diplomaten, einen Posten an der argentinischen Botschaft angetragen hatte. Ich war kurz zuvor zwölf Jahre alt geworden, und als der Botschafter und seine Frau zu ihrem alljährlichen Weihnachtsfest für die Kinder südamerikanischer Diplomaten luden, gab es natürlich keine Möglichkeit, sich zu drücken. Keiner hatte wirklich mit einem persönlichen Erscheinen Kennedys gerechnet. Man war auf Jackie und die beiden Kinder vorbereitet, jedoch nicht auf den Präsidenten. Aber dann wurde er plötzlich angekündigt, und ein paar Minuten später betrat er auch schon den Raum, ohne Frau, doch Hand in Hand mit seiner Tochter. Sie trug ein dunkelbraunes Samtkleid und schien von der Sache ebenso begeistert zu sein wie ich selbst.

Ich weiß noch, dass ich zu jener Zeit ziemlich unglücklich war. Wie die meisten Diplomatenkinder war ich den größten Teil meiner Kindheit von einem Land ins andere gezogen. Unser letztes Domizil war, wie gesagt, die peruanische Hauptstadt gewesen, Lima, wo es mir zum ersten Mal gelungen war, mich mit einem anderen Kind wirklich anzufreunden. Es hieß Irina und war ein Jahr älter als ich, ein dürres Mädchen mit lustigen Zöpfen, das ausschließlich Science-Fiction-Geschichten las – in meinen Augen die geistreichste Person auf Erden. Und darum hasste ich im Augenblick eben alle und alles: meine Eltern, die uns so mitleidlos voneinander getrennt hatten, das schöne große Haus, das wir hier bewohnten, die eleganten Menschen, die bei uns verkehrten, die Stadt, das Land, diesen Empfang.

Wir waren etwa vierzig herausgeputzte Kinder, die in der Eingangshalle der Botschaft im Kreis um einen gigantischen Weihnachtsbaum zu stehen hatten. Und innerhalb dieses Kreises bewegten sich nun der Präsident der Vereinigten Staaten und seine Tochter von Kind zu Kind, gaben jedem die Hand und versuchten jeweils ein paar passende Worte zu finden. Hinter jedem Kind stand der Erwachsene, der es zu diesem Festakt begleitet hatte und nun versuchte, das Schlimmste zu verhindern. In meinem Fall war dies meine Mutter, angetan mit einem Kleidungsstück, das sie sich eigens für diesen Anlass gekauft hatte und das in meinen Augen aussah wie ein zerknitterter Pyjama. Als ich ihr das im Auto gesagt hatte, hatte sie gemeint, unser Geschmack bei Kleidern werde eben niemals derselbe sein.

»Und wen haben wir hier?« Der freundliche Ausdruck auf dem Gesicht des Präsidenten stand in klarem Gegensatz zu dem seiner Tochter.

»Sag dem Präsidenten deinen Namen, Liebes«, mahnte meine Mutter hinter mir mit vor Zärtlichkeit gurrender Stimme. Sie ist eigentlich Wienerin, doch da man sie als Spross einer neureichen Fabrikantenfamilie schon früh in britische Internate gesteckt hatte, ist ihr Englisch absolut akzentfrei.

Meinen Namen? Na gut, wenn sie darauf bestand: »Carlitos.«

»Ist das nicht ein Jungenname?«

»Ja.« Ich bekam einen Stoß ins Kreuz und ergänzte: »Ja, Herr Präsident.«

Natürlich war das nicht mein wirklicher Name, der ist Carlota. Doch in den eineinhalb Jahren mit Irina hatten wir es uns zur Gewohnheit gemacht, unsere Vornamen alle paar Monate zu wechseln und von jedem zu verlangen, uns mit dem jeweils aktuellen anzusprechen, sofern er eine Reaktion von uns wollte. Als man uns auseinander riss, entschieden wir uns für Jungennamen, die wir so lange nicht aufgeben würden, wie man uns getrennt hielt. Irina hatte sich Stanislav genannt, nach ihrem Lieblingsschriftsteller Stanislav Lem. Ich hatte zu jener Zeit den glühenden Wunsch, Erfinder zu werden. Doch keines der von mir bewunderten Genies hatte einen Vornamen, der mir wirklich gefiel. So hatte ich mir denn, weit weniger originell, den Namen Carlitos gegeben. Schade, dass Stanislav nicht sehen konnte, dass ich hier sogar angesichts des mächtigsten Mannes der Welt zu unserer Abmachung stand.

»Du hast da ein paar großartige Zöpfe, Carlitos. Wer flicht sie dir denn, deine Mutter?«

Meine Mutter und Zöpfe flechten! Sie hasste diese Frisur, hatte sogar gesagt, ich sähe damit aus wie ein Nazikind, denn ich war ja auch noch strohblond. Doch es war eine exakte Kopie der Frisur meiner fernen Freundin und ein weiterer Protest. Jedes Mal wenn sie mich ansahen, sollten meine Eltern an ihre Grausamkeit erinnert werden.

Bevor meine Mutter mich zum zweiten Mal stupsen konnte, entschloss ich mich zu einem widerwilligen Gemurmel: »Mademoiselle.«

»Ich kann dich nicht hören, mein Sohn.« Der Präsident beugte sich mit einem so breiten Lächeln zu mir herab, dass ich ohne weiteres in der Lage gewesen wäre, seine blendend weißen Zähne abzuzählen.

»Mademoiselle macht sie!«

»Unser Kindermädchen, Herr Präsident«, beeilte sich meine Mutter hinzuzufügen. »Es kommt aus Frankreich.«

»Dann kann man nur hoffen, dass es ihm hier gefällt.« Das war eindeutig an mich gerichtet, dies war ein Kinderfest.

Und das war meine große Gelegenheit – ich schrie es fast heraus: »Nein, es gefällt ihm nicht! Und mir gefällt es auch nicht!«

Die Stille war kurz, aber vollkommen. Der kleine Mexikaner zu meiner Linken drehte sich zu mir und musterte mich mit weit aufgerissenen Augen.

»Nun, vielleicht hast du ja noch nicht die richtigen Freunde gefunden?«, meinte Kennedy. Und dann folgte der historische Satz: »Warum kommst du nicht mal zu uns rüber und spielst mit Caroline?«

»Welch wundervolle Idee, Herr Präsident!« Ich habe die Stimme meiner Mutter selten so freudig erregt gehört. »Ich glaube, sie ist wirklich ein bisschen einsam.«

Ich wechselte einen kurzen Blick mit dem Mädchen namens Caroline: Ihr Ausdruck hatte sich von Langeweile in offene Abscheu gewandelt. Wie alt mochte sie sein? Nicht mehr als sieben. Konnte ihr Vater denn nicht sehen, dass ich einen ganzen Kopf größer war? Doch bevor ich erneut protestieren konnte, waren sie zum Mexikaner weitergegangen.

Als wir dann endlich im Auto saßen, war meine Mutter entgegen meinen Befürchtungen kein bisschen wütend. Sie brachte ihren Satz mit nach Hause: den über das Spielen mit Caroline. Sie gab ihn an meinen Vater weiter, der ihn von nun an jedem wiederholen würde, der zu uns ins Haus kam. Und natürlich gab es keine Beschwerden mehr über meine Frisur.

Die Sache lief etwa folgendermaßen: »Und dies ist Carlota, unsere Tochter. Carlota, komm her und gib dem Herrn Senator die Hand.«

»Was für ein hübsches Mädchen! Und was für entzückende Zöpfe!«

»O ja, sogar Ihr Präsident hat dafür eine Schwäche. Sobald sie ihm unter die Augen kam, hat er sie ins Weiße Haus eingeladen, damit sie mit seiner kleinen Tochter spielt.« An dieser Stelle pflegte er sich zu mir umzuwenden, als fiele ihm der Name nicht mehr ein: »Caroline, nicht wahr?«

Elf Monate später, nach Kennedys Ermordung – da waren die Zöpfe längst abgeschnitten –, wurde es nur noch schlimmer: »Kennedy? Aber natürlich kannten wir uns persönlich. Unsere beiden Töchter hatten eine große kleine Freundschaft miteinander angefangen. Caroline, armes Kind!« Reine Angeberei natürlich, denn weder damals noch später habe ich mit Kennedys Tochter gespielt.

Ich selbst nahm die Tragödie von Dallas kaum wahr. Denn nur ein paar Tage nach jenem Empfang, am 24. Dezember, war mein Leben mit einem Schlag von aller Trübsal befreit. Bis heute bin ich der Meinung, dass die Monate zwischen Weihnachten 1962 und den Schüssen jenes Lee Harvey Oswald die aufregendste Zeit meines Lebens waren.

Am Heiligen Abend 1962, gegen 20 Uhr, entzündete Catherine Loucheron, mein wunderschönes französisches Kindermädchen, das wir nie anders nannten als Mademoiselle, das erste ihrer Feuer. Und unter den Männern der anrückenden Löscheinheit befand sich Nick Kowalski, Feuerwehrmann bei der Feuerwehr von Washington, D.C.

Im privaten Kreis pflegten meine Eltern sich zu jener Zeit gern als Linke zu bezeichnen. Eine Erklärung fand ich dafür nicht. Das efeubewachsene Brownstone-Haus, das wir im vornehmen Stadtteil Georgetown bezogen hatten – keine dreihundert Meter von jenem, das die Kennedys vor ihrem Umzug ins Weiße Haus bewohnt hatten –, war in der langen Kette meiner kindlichen Domizile sicherlich eines der bescheidensten. Doch es gab dort immerhin ein gutes Dutzend Zimmer, eine Souterrainwohnung für die Dienstboten, zwei Garagen und einen kleinen, mit Bambus bewachsenen Garten, an dessen äußerstem Ende sich ein Schwimmbassin nebst Umkleidehäuschen befand. Falls mein Vater sein Diplomatengehalt mit irgendwelchen Bedürftigen teilte, habe ich davon bis zum heutigen Tag nichts erfahren.

Und auch unserer Herkunft wurde das Etikett in keiner Weise gerecht. Meine argentinischen Großeltern bewohnten in Buenos Aires eine Villa, die so groß war, dass ich mich darin in den ersten Tagen meiner Besuche regelmäßig verirrte. Und als ich während der Sommerferien einmal zu Fuß ihr Landgut in einer der nördlichen Provinzen umwandern wollte, sagte man mir, das würde zwei Wochen dauern. Die Familie meiner Mutter gab sich zwar bescheidener, doch weniger aus materieller Not denn aus europäischem Feingefühl. Die Ferngespräche meiner Wiener Großmutter waren gefürchtet, weil es hundert Stunden dauerte, ehe sie den Hörer auflegte.

»Was heißt das denn eigentlich, ›links‹?«, habe ich meinen Vater einmal gefragt.

»Wenn man auf der Seite der Schwächeren steht.«

»Wenn man ihnen sein Geld schenkt?«

»Das wäre Wohltätigkeit. Ein wirklicher Linker wird jeden Menschen als Gleichen unter Gleichen behandeln. Links sein kann also zum Beispiel auch bedeuten, dass man freundlich zu seinen Dienstboten ist.«

Und eben dies war wohl der Grund, dass Mademoiselle während der ersten Wochen nach ihrer Ankunft wie selbstverständlich beim Abendessen mit uns am Tisch saß. Nicht nur bei den seltenen Gelegenheiten, bei denen wir allein aßen, sondern auch wenn Gäste kamen, wie hoch deren Rang auch sein mochte. Zudem war sie ja kein ganz gewöhnliches

Kindermädchen: Sie stammte aus Biarritz, wo ihr Vater einen gut gehenden Nachtclub betrieb, und hatte die französische Reifeprüfung bestanden, bekanntlich eine der schwierigsten der Welt. Auch war sie weniger dazu angestellt, mich zu hüten – wenn mich der gelbe Schulbus der Georgetown Day School an der N-Street absetzte, war es bereits vier Uhr nachmittags –, sondern um mir in meiner unterrichtsfreien Zeit so viel wie möglich von ihrem erlesenen Französisch beizubringen. Bei der Bewerbung hatte man auf einer besprochenen Kassette bestanden. Mein Vater machte sich für seinen nächsten Karriereschritt Hoffnung auf die Pariser Botschaft, und wenn es dann so weit sein würde, sollte seine geliebte Tochter nicht in ein sprachliches Vakuum fallen.

Es stellte sich aber bald heraus, dass der Himmel meinen Eltern ihr Faible für soziale Gerechtigkeit schlecht dankte. Natürlich hatten wir die Schönheit Mademoiselles bereits erkannt, als wir sie am Washingtoner Flughafen abholten und sie nach der Zollkontrolle auf uns zu schritt. Obwohl sie ein eher langweiliges Wollkostüm trug und ihr herrliches Haar ordentlich zurückgekämmt und im Nacken verknotet hatte, verschlug es meinem auf der Diplomatenschule auf zwanglose Konversation gedrillten Vater zunächst einmal die Sprache. »Das Gesicht einer Madonna und der Körper einer Hure«, hörte ich ihn Mademoiselle später einmal einem seiner Freunde am Telefon beschreiben. »Nein, nichts zu machen«, fügte er hinzu – wohl als Antwort auf die Frage, ob man bei ihr Chancen habe. »Mein Lieber, vergiss alles, was du über Französinnen gehört hast. Diese ist aus Granit.«

Doch nicht einmal meine sonst so instinktsichere Mutter hatte vorausgesehen, welche Folgen das Aussehen Mademoiselles für ihre Dinnerpartys haben würde. Jede gute Gastgeberin hat gern attraktive Geschlechtsgenossinnen an ihrer Tafel, weil sie weiß, dass dies auf die übrigen Gäste eine anregende Wirkung hat. Und zwar nicht nur auf die männlichen, haben doch laut eines Bonmots meiner Wiener Großmutter Männer und Frauen im Grunde nur ein einziges gemeinsames Interesse: Frauen eben. Doch Catherine Loucherons Schönheit war zu spektakulär, um den gastgeberischen Ambitionen meiner Eltern wirklich dienlich zu sein. Es war bald deutlich, dass in ihrer Anwesenheit jedes normale Tischgespräch unmöglich wurde. Sosehr man sich auch bemühte, sich den Anstrich von Gleichgültigkeit zu geben, man musste sie einfach anschauen.

Nicht einmal ich, das Kind, war für Mademoiselles Zauber unempfindlich, obwohl ich heute, aus dem Abstand von über drei Jahrzehnten, eigentlich nicht mehr sagen könnte, wovon er ausging. Es war wohl alles zusammen. Die wundervollen kieselsteingrauen Augen, die dank eines leichten Silberblicks stets ein wenig überrascht blickten – als habe der, dem sie sich zuwandte, soeben etwas ungeheuer Aufregendes gesagt. Ihre dichte dunkelblonde Haarmähne, die sie normalerweise so achtlos zu einem Knoten schlang, dass ihr stets ein paar Strähnen über die Wangen mit den herrlichen, hohen Backenknochen glitten. Der nach normalen Begriffen viel zu große Mund mit den stets ungeschminkten, gewölbten Lippen, die beim Lachen eine Reihe vollkommener Zähne entblößten. Obwohl ich damals dafür noch keinen Maßstab besaß, muss wohl auch ihre Figur eindrucksvoll gewesen sein. Die begeisterten Pfiffe der Arbeiter an einem Neubau an der N-Street, an dem wir auf dem Weg zu meinen Klavierstunden immer vorbeikamen, habe ich noch heute im Ohr. Zudem hatte es den Amerikanern wohl auch ihr französischer Akzent angetan, wurde man doch nicht müde, ihr die überflüssigsten Fragen zu stellen:

»Am Meer sind Sie aufgewachsen, Mademoiselle? Da sind Sie sicher eine gute Schwimmerin?«

»Ja, das bin ich, Monsieur.«

»Finden Sie auch, dass die französische Küche die beste der Welt ist?«

»Ich weiß es nicht. Ich bin ja noch nie aus Frankreich herausgekommen.«

»Wo haben Sie denn Ihr Englisch gelernt?«

»Von unserem Kindermädchen. Es war Engländerin.«

Ein Kindermädchen mit einem Kindermädchen, sieh mal an! Doch da sich auch die Freunde meiner

Eltern progressiv gaben, wunderte man sich darüber nicht laut.

Da Mademoiselle sich ihrer Ausnahmesituation bewusst gewesen sein muss – vermutlich war es ihr seit ihrer Pubertät nicht anders ergangen, ja, ich kann mir vorstellen, dass man ihr schon im Kindergarten mehr Aufmerksamkeit geschenkt hatte als den übrigen Kindern –, sprach sie während jener Abendessen von sich aus natürlich so wenig wie möglich. Doch schließlich war sie unter anderem dazu angestellt, meine Tischmanieren zu überwachen, und sobald sie mir auch nur die kleinste Ermahnung zuraunte, stockte in der Regel jede Unterhaltung. Man wollte sich den Ton ihrer Stimme nicht entgehen lassen, die elegante Linie ihres Nackens, wenn sie sich zu mir herüberbeugte, die Bewegungen ihrer feingliedrigen Hände, wenn sie mir beibrachte, wie man mit einer Hummerzange hantiert. Falls ihr dabei die Serviette zu Boden glitt, eilte man herbei, damit sie sich nicht bücken musste. Wenn sie um eines der Salzfässchen bat, schnellten von überall Arme herbei. Das Lächeln, mit dem sie die Entgegennahme der Reliquie quittierte, war offenbar interessanter als die politische Kontroverse, in der man sich soeben noch befand. Und vor allem männliche Gäste neigten in ihrer Gegenwart zu endlosem Monologisieren, wohl weil sie hofften, sie so am schnellsten beeindrucken zu können. Wenn einer einen französischen Satz beherrschte, wiederholte er ihn wieder und wieder: »N'est-ce pas, Mademoiselle?« Und wenn sie sich dann nach dem Ende der Mahlzeit zurücklehnte, um eine ihrer Gauloises bleues zu rauchen, wollte jeder derjenige sein, der ihr Feuer gab.

Als jemand meiner Mutter während eines besonders großen Dinners einen Zeitungsausschnitt reichte und sie Mademoiselle bat, ihr die in der Bibliothek vergessene Lesebrille zu holen, und als dann gleich drei Herren aufsprangen, um der schönen Angestellten diese Mühe abzunehmen, war dies der sprichwörtliche Tropfen, der das Fass ihrer Liebe zur Gerechtigkeit zum Überlaufen brachte. Eine Ausrede war schnell gefunden: Beim Mittagessen war das Kind ohnehin noch in der Schule, und für den Abend fand meine Mutter die geniale Lösung, meine Zubettgehzeit vorzuverlegen: Das Kind sieht müde aus, das Kind braucht mehr Schlaf. Mademoiselle und ich aßen von nun an allein, eine Stunde vor den anderen, in dem kleinen Frühstücksraum neben der Küche. Nur am Wochenende, wenn am nächsten Tag keine Schule war, waren wir an der offiziellen Tafel zugelassen. Doch da gingen meine Eltern ohnehin meist aus.

Da das mit dem früheren Schlafengehen erwartungsgemäß bald in Vergessenheit geriet, war mir die neue Regelung mehr als willkommen. Endlich musste ich die langweiligen Dinnergespräche nicht mehr über mich ergehen lassen und würde nicht mehr mit einem »Und was meint unsere kleine Carlota zu dieser Gesetzesvorlage?« aus meinen Gedanken aufgeschreckt, die sich in der Regel mit irgendeiner Epoche machenden Erfindung befassten. Zudem war ich ungeheuer stolz, die umworbene Mademoiselle auf einmal ganz für mich allein zu haben. Solange sie nicht darauf bestand, mit mir Französisch zu parlieren, waren unsere Gespräche ziemlich amüsant. Und anders als mit den übrigen Erwachsenen konnte man mit ihr sogar über Erfindungen reden.

Leider stellte sich bald heraus, dass man sich mit ihr über die anderen beiden Themen, die mich zu jener Zeit so brennend interessierten, weit weniger unterhalten konnte. Das waren Sex und Religion – und ehrlicherweise muss ich zugeben, dass ich auch bis heute keine Gesprächsthemen gefunden habe, die mich in gleichem Maß faszinieren. Sex handelt von der Kunst, das von der Natur programmierte Menschenmachen auf eine Weise zu genießen, dass dabei kein neuer Mensch entsteht. Religion von der Kunst, mit der Illusion von irgendeiner Fortsetzung des Lebens den Gedanken an das von der Natur programmierte Sterben zu umgehen. Und damit steht Sex letzten Endes für das Leben und Religion für den Tod. Kann mir jemand etwas benennen, das – selbst als Konversationsgegenstand – interessanter wäre?

Doch Mademoiselle war Katholikin, und das hatte wohl zu bedeuten, dass ihr der Genuss ohne das Menschenmachen sowieso nicht gestattet war, während man ihr das von der Fortsetzung im Paradies sogar schriftlich zugesichert hatte. Warum sollte sie sich also wegen meiner Lieblingssujets echauffieren? Mein Pech.

Über unsere Verbannung sprachen wir natürlich ebenso wenig. Doch ohne dass man mir etwas erklärte, war hier der Grund sogar für eine Zwölfjährige ersichtlich: Mademoiselle würde niemals eine Gleiche unter Gleichen sein – ihre Schönheit hob sie nicht nur über die Armen hinaus, sondern auch über die Reichen. Nicht meine Eltern ließen in diesem Fall soziale Gerechtigkeit vermissen, sondern der Schöpfer höchstpersönlich, denn der »Klassenfeind« war hier eindeutig die spektakuläre Lohnempfängerin, die ihm da gelungen war. Sein Geld kann man verschenken, doch wie soll man seine Schönheit mit den Unterprivilegierten teilen? Hätte Mademoiselle sich vielleicht verstümmeln sollen, um den anderen Damen an der elterlichen Tafel ein wenig ähnlicher zu sein?

Obwohl ich damals in dem Alter war, in dem man beginnt, die Erwachsenen seiner Umgebung erbarmungslos auf Charakterschwächen zu belauern, empfand ich das Vorgehen meiner Mutter also keineswegs als Racheakt gegen eine Untergebene, die attraktiver war als die Dame des Hauses. Jedenfalls damals, in den Monaten vor der Katastrophe, schien meine Mutter Mademoiselle ebenso zu bewundern wie ich selbst. Nicht selten brachte sie ihr von ihren Shopping-Touren irgendein Kleidungsstück mit nach Hause, von dem sie annahm, dass es ihr gut stehen würde. Was dann natürlich auch der Fall war, denn Mademoiselle stand einfach alles.

Was ich damals nur erahnen konnte, weiß ich heute aus eigener Erfahrung: Es gibt einen Grad weiblicher Perfektion, der bei uns übrigen Frauen jede Eifersucht verstummen lässt. Man bekommt eher Lust, vor jenem Prachtexemplar des eigenen Geschlechts ein Banner herzutragen: Schaut her, ihr Männer, so schön können wir sein! Übrigens war auch meine Mutter eine attraktive Frau. Doch so schön wie Mademoiselle war eben keine.

Die »Degradierung« kränkte sie in keiner Weise. Wahrscheinlich war es für sie sogar eine Erleichterung, ihre Bewunderer auf so bequeme Weise loszuwerden. Es genügten schon die Grüppchen, die sich bei unseren Einkäufen auf der M-Street um uns bildeten. Wenn wir in Georgetown spazieren gingen – als Europäerin konnte sie darauf offenbar schwer verzichten –, schien es, als würden sich alle männlichen Einwohner des Viertels ständig verirren, so oft wurden wir – meist aus einem Auto heraus – nach dem Weg gefragt. Zuweilen machten wir uns das Vergnügen, den Bewunderer in die entgegengesetzte Richtung zu schicken. Obwohl er den richtigen Weg genau kannte, war er dann gezwungen, nach vielen Dankeschöns und einem letzten Blick auf mein spektakuläres Kinderfräulein in die falsche Richtung abzubiegen.

»Pauvre idiot«, sagte Mademoiselle dann lachend. Doch es war ein Lachen ohne Schadenfreude, da schöne Menschen ja nicht nur schöner, sondern in der Regel auch noch liebenswerter sind als die anderen: Die Gleichgültigkeit, die wir gegenüber den Unscheinbaren walten lassen, schlägt in deren Psyche tiefe Wunden und lässt sie zwecks Erringung unserer Aufmerksamkeit eher zu Tricks oder Lügen Zuflucht nehmen als jene, die wir ohnehin beachten. So können unsere Schönen sich auch noch den Luxus eines geradlinigen, angenehmen Charakters leisten. Abgesehen von ihrem Umgang mit der esoterischen Friseuse, von der ich noch erzählen werde, habe ich Mademoiselle nie bei einer wirklichen Gemeinheit ertappt.

Obwohl sie nun in unserem Haus weitgehend vor Verfolgern sicher war, waren ihr aus den Wochen gemeinsamer Tafelfreuden noch immer ein paar ganz Hartnäckige auf den Fersen. Ich erinnere mich vor allem eines rothaarigen Anwalts namens Nigel, ehemals Wahlhelfer Kennedys und zu der Zeit als Berater im Stab von dessen Bruder, des Justizministers, beschäftigt – nach Meinung meines Vaters einer der kommenden Männer Washingtons. Unermüdlich in seinen Bemühungen war auch ein frisch geschiedener Botschafter, ich weiß nicht mehr welchen skandinavischen Landes – als guter Freund meines Vaters von diesem im Wettlauf um die Gunst seiner Angestellten besonders favorisiert.

»Und Ihnen gefällt er gar nicht?«, hörte ich ihn Mademoiselle nach dessen Weggehen einmal fragen.

»Mais oui, il est sympa.« Doch mehr als Höflichkeit war aus ihrer Antwort nicht abzulesen.

Dann hatte Mademoiselle offensichtlich auf Anhieb das Herz des jungen, fabelhaft aussehenden Chirurgenstars der Universitätsklinik von Georgetown erobert, den wir, da er in der Nähe wohnte, bei einem Schwächeanfall des zu Besuch weilenden argentinischen Wirtschaftsministers einmal zu Hilfe riefen. Mademoiselle hatte nichts weiter getan, als auf sein Klingeln die Haustür zu öffnen und ihn zu dem Patienten zu führen. Schon am folgenden Tag kam er wieder, in einem nagelneuen BMW, und lud sie zu einer Spazierfahrt ein.

Doch nach dieser Ausfahrt nahm sie dann nicht einmal mehr seine Anrufe entgegen, und seine Blumensträuße gab sie kommentarlos an die Köchin weiter. Der Arme versuchte es über meinen Vater, mit dem er sich so oft wie möglich zum Golf verabredete. Doch wenn er schließlich auf dem Rückweg auf einen Drink zu uns hereinkam, verließ Mademoiselle das Haus durch die Hintertür. Aus der Souterrainwohnung, die sie allein bewohnte – die übrigen Angestellten gingen abends nach Hause –, hörte man bald darauf ihre geliebten französischen Sänger: Brel, Brassens, Aznavour. Ich glaube, dass sie während jener ersten Wochen in Washington ebenso unter Heimweh litt wie ich unter meiner Sehnsucht nach der fernen Freundin.

»Sie sollte nicht so wählerisch sein«, sagte mein Vater einmal zu meiner Mutter. »Schönheit ist vergänglich, sogar sie könnte das wissen.«

»Aber vielleicht sucht sie gar keinen Mann?«

»Ach was, eine wie die spielt doch nicht zufällig in Washington das Kindermädchen. Hier ist die Schaltstelle des Universums, hier trifft man die mächtigsten Männer der Welt. Für mich ist diese Dame ganz schön gerissen.« Der gekränkte Unterton war nicht zu überhören. Dass Mademoiselle ihn als Mann so offen ignorierte, dürfte für einen wie meinen Vater nicht einfach gewesen sein.

»Dann wartet sie vielleicht auf einen Prinzen«, sagte meine diesbezüglich an Kummer gewöhnte Mutter. Sie hatte sich die neueste Vogue vorgenommen und suchte wieder einmal nach ihrer Lesebrille.

»Das wohl kaum, aber jede Wette: Unter einem Kennedy tut die 's nicht.«

Nun, Mademoiselle wartete damals weder auf einen Prinzen noch auf einen Kennedy. Sie wartete auf einen wie Nick Kowalski.

Etwa zwei Wochen bevor dieser in ihr, oder besser gesagt in unser beider Leben trat, fragte ich sie bei einem unserer einsamen Abendessen, als Franca, die italienische Köchin, außer Hörweite war: »Sind Sie nach Amerika gekommen, um einen Mann zu suchen?«

Sie sah mich an, die kieselsteingrauen Augen noch überraschter als gewöhnlich: »Wer sagt das?«

»Mein Vater.«

»Le vieux idiot!« Ihre Stimme klang tatsächlich verärgert. Wahrscheinlich hatte er ihr in seinem unverbildeten Selbstbewusstsein – welcher Mann konnte es mit einem Argentinier aufnehmen? – ein wenig zu hartnäckig nachgestellt.

»Aber stimmt es?«

Sie dachte nach und besann sich dabei leider auch ihrer Verpflichtung, mit mir Französisch zu sprechen: »Qu'est-ce que tu veux entendre, Charlotte? La vérité ou un petit mensonge?«

»Die Wahrheit.«

»Eh bien: oui.«

»Ja?«

»Jawohl, ich bin gekommen, um einen Mann zu suchen. Einen Mann zum Heiraten, voilà.«

»Heiraten!« Ich machte eine Geste, als ob ich mich übergeben müsse. »Ich werde niemals heiraten. Und Stanislav auch nicht.«

»Et qui est Stanislav?«

Als sie meinen wohl sehr enttäuschten Blick bemerkte, schlug sie sich an die Stirn: »Stanislav, mais oui! Aber das sagt ihr jetzt. Ich werde nächsten Monat fünfundzwanzig, und glaub mir, es ist nicht gut, wenn eine Frau allein ist.«

»Ich werde Erfinderin. Da ist man gern allein, weil man Zeit zum Nachdenken braucht.«

»Vielleicht. Aber ich werde nichts. Ich bin nichts und will auch nichts werden. Ich möchte einen Mann und viele Kinder. Voilà.«

»Und warum nehmen Sie sich dann keinen? Franca sagt, Sie könnten jeden haben. Diesen affigen Anwalt zum Beispiel. Der wird vielleicht mal Präsident, sagt Franca.«

»C'est bien possible.«

»Den Leuteaufschlitzer mit seinem blöden BMW. Der würde jeder gefallen.«

»Sagt Franca.«

»Das sagt meine Mutter.«

Sie lachte: »Un connaisseur en vins.«

»Was heißt das?«

»Dass er ein Weinkenner ist.«

»Was ist daran falsch, wenn ein Mann sich mit Weinen auskennt?«

»Es ist provinziell. Iss jetzt!«

»Und der Botschafter?«, fragte ich.

»Ein Schwachkopf.«

»Woher wissen Sie das?«

»Weil ein Mensch mit Verstand nicht Botschafter wird. Und du sollst jetzt essen!«

»Wie müsste einer denn sein, damit er Ihnen gefällt?«

Die Antwort kam sofort: »Wie ein Mann.«

»Und der Leuteaufschlitzer ist keiner?«

»Kein richtiger.«

»Wie ist ein richtiger Mann?«

»Keine Ahnung. Aber sobald ich einen treffe, werde ich's wissen. Und dann sag' ich's dir, d'accord?«

Als wir mit dem Essen fertig waren, lehnte sie sich zurück und zündete sich wie üblich eine der Gauloises an, die ihr ihre Schwester Danielle aus Frankreich schickte. Jeden Monat kam ein Päckchen mit zwei Stangen Gauloises bleues und zehn Schachteln französischer Zündhölzer. Nie sah ich sie ein Feuerzeug benutzen.

Als es auf Weihnachten zuging, wurde es mit Mademoiselles Heimweh sichtlich schlimmer. Dabei hatte es in jenem Jahr in Washington sogar schon eine Menge Schnee gegeben. Das dick verschneite Georgetown sah aus wie ein Städtchen aus einem amerikanischen Musical, und unser japanischer Gärtner, Mr. Fudimoto, kam schon im Morgengrauen im Autobus vom anderen Ende der Stadt, um vor unseren lackierten Garagentoren den Schnee wegzuräumen. Auch unser Haus war irgendwie märchenhaft. Man hatte es vor unserem Einzug mit einem himmelblauen Anstrich versehen, Haustür, Fensterläden und die beiden Garagentore aber pechschwarz lackiert. Die Haustür hatte goldene Griffe, und neben der Treppe, die zu ihr hinaufführte, stand – keine Seltenheit in diesem Viertel – eine altmodische Gaslaterne, die Mr. Fudimoto abends anzuzünden hatte. Und all das sah bei Schnee natürlich doppelt anheimelnd aus.

Doch mit Schnee war Mademoiselle offenbar nicht geholfen, schon weil es, wie sie mich informierte, in Biarritz zur Weihnachtszeit sowieso nicht schneit. Wenn ich von der Schule kam, wanderten wir zu dem Briefkasten an der Wisconsin Avenue und warfen die Berge von Weihnachtskarten ein, die sie am Vormittag geschrieben hatte.

»So viele Freunde haben Sie?«, fragte ich beeindruckt.

»Freundinnen«, belehrte sie mich. »Mit einem Mann kann eine Frau nicht befreundet sein. Nicht mit einem derselben Generation. Entweder er gefällt ihr, dann gefällt er ihr ganz – also auch als Mann –, und dann wird es Liebe. Oder er gefällt ihr nicht, und dann kann es auch keine Freundschaft geben. Soll man sich vielleicht mit einem Mann anfreunden, der einem gar nicht richtig gefällt?«

»Und ein Schwuler?«

»Wo hast du denn dieses Wort wieder her?«

Natürlich hatte ich es von meiner Mutter. Sie erklärte mir immer alles, was ich wissen wollte. Ich musste nie aufgeklärt werden, weil man mir nie etwas verheimlichte: »Kann man sich mit einem Schwulen befreunden?«

Mademoiselle dachte nach: »Das ist dann wohl etwas anderes.«

Am meisten vermisste sie jedoch ihre Familie. Sie war die Älteste von sieben Geschwistern und hatte in Biarritz fünf Schwestern und ein erst zweijähriges

Brüderchen zurückgelassen. Nach ihrer Erzählung schien ihr Zuhause ziemlich glücklich zu sein. Ihre Mutter war Striptease-Tänzerin im Etablissement ihres Vaters gewesen, jedoch nur für eine Nacht.

»Nur für eine Nacht?«

»Wenn ein Mann eine Frau wirklich liebt, zeigt er sie vor anderen Männern nicht nackt herum, oder?«

»Auch nicht in Frankreich?«

»Surtout pas en France. In Paris vielleicht, aber in Biarritz niemals.«

Es schien tatsächlich eine zufriedene Familie zu sein. Zumindest auf dem Foto, das sie mir zeigte, lachten sie alle. Der kleine Bruder hielt seine Strümpfchen in der Hand und streckte seine nackten Beinchen in die Höhe. Die Ähnlichkeit zwischen Mademoiselle und ihrer Mutter war nicht zu übersehen.

Vier Tage vor Weihnachten wurde unser Baum geliefert. Er war nicht so riesig wie der in der Villa des Botschafters, aber immerhin noch so groß, dass Mr. Fudimoto ihn absägen musste, bevor er ihn in die Bibliothek stellen konnte. Und sogar dabei musste ihm dann noch Leonard helfen, der Fahrer meines Vaters. Unser Christbaumschmuck war mit vielem anderen Umzugsgut nicht rechtzeitig aus Lima angekommen, und da ich nicht aufhörte, darum zu betteln, wurde die Verantwortung für das Ausschmücken der herrlichen Tanne schließlich mir übertragen. Unter der Aufsicht Mademoiselles selbstverständlich.

Wie sich herausstellte, mochte diese aber weder den traditionellen Christbaumschmuck noch das in der österreichischen Heimat meiner Mutter übliche Silberlametta, dessen Auf- und Abhängen uns jedes Jahr stundenlang beschäftigt hatte. Nicht einmal von meinen geliebten Glaskugeln wollte Mademoiselle etwas wissen.

»Was ist falsch an Glaskugeln?«

»Trop vulgaires.«

»Und was würden Sie an einen Weihnachtsbaum hängen?«

»Rien du tout. Gar nichts. Eine ungeschmückte Tanne mit ein paar Kerzen. Etwas Schöneres gibt es doch nicht, oder?«

Doch damit war wiederum ich nicht einverstanden: Wo blieb ich hier mit meiner Mission? So einigten wir uns denn auf selbst gemachten Christbaumschmuck: Gebackenes, das man vom Baum nehmen und aufessen konnte, denn im kommenden Jahr würde die Familie ja wieder über die eigene Dekoration verfügen. Aber keine Engelchen, keine Sternchen, keine Weihnachtsmänner, verfügte Mademoiselle. Fantasievolle Dinge mussten es sein. »Kunst zum Essen«, sagte sie, »de l'art à manger.« Und damit nahm sie die heute bereits wieder überholte Eat-Art-Bewegung vorweg.

Das Ergebnis unserer vereinten Bemühungen war dann tatsächlich erstaunlich. Vor allem Franca, die Köchin aus Bologna, von der Mademoiselle behauptete, sie sehe aus wie Johannes XXIII., entwickelte unvermutete Talente. Unter anderem erfand sie in jenen Vorweihnachtstagen die essbare amerikanische Flagge: Stars and Stripes in den leuchtendsten Zuckerfarben, ein Jasper Johns der Confiserie.

Fehlten noch die Kerzen. Doch bei unseren Streifzügen durch die Geschäfte der Umgebung fanden wir zwar elektrische Christbaumbeleuchtung in allen erdenklichen Varianten, aber weder Wachskerzen noch Halter, um diese an den Zweigen festzuklammern. Der weißhaarige Besitzer eines Gemischtwarenladens klärte uns schließlich auf: Der Gebrauch von Wachskerzen an Weihnachtsbäumen sei in den Vereinigten Staaten verboten.

»Wissen Sie, wie viele Millionen Dollar Schaden früher jedes Weihnachten durch Brände entstanden sind?«

»Dollar, Dollar«, sagte Mademoiselle ungeduldig. »Ich komme aus Europa, Monsieur. Für mich ist ein Baum mit elektrischen Kerzen kein Weihnachtsbaum.«

»Und eure Feuerwehrleute? Freuen die sich, wenn sie sich am Weihnachtsfest wie gerupfte Truthähne in die Backöfen eurer brennenden Häuser stürzen dürfen?«

Ich lächelte zufrieden: Ich hätte es nicht besser formulieren können. Mir waren elektrische Kerzen sowieso lieber. Vor allem blinkende, wie man sie im Kino sah. So was hatte es in unserem Haushalt noch nie gegeben.

Doch Mademoiselle ließ nicht locker: »Sie verkaufen mir also keine Kerzen?«

»Ich darf es nicht, Lady. Es ist verboten.«

»Aber wenn in einem Haus alle Lichter ausgehen …« Sie wandte sich an mich: »Wie heißt das?«

»Kurzschluss.«

»Da werden doch auch Kerzen gebraucht?«

»Das ist was anderes.«

Sie lächelte ihr betörendstes Lächeln: »Dann verkaufen Sie mir doch Kerzen für den Fall, dass es Weihnachten bei uns einen Kurzschluss gibt.«

Der Ladenbesitzer seufzte, doch auch er war schließlich ein Mann: »Na schön, wie viele brauchen Sie?«

»Drei Dutzend.«

»Das ist zu viel!«

»Zwei Dutzend. Aber von den roten!«

Auf dem Heimweg blieb sie plötzlich stehen: »Qu'est-ce que je suis idiote! Weißt du, warum der uns die Kerzen verkauft hat? Weil wir sie sowieso nicht an einem Baum befestigen können! Die Wachskerzen können sie zur Weihnachtszeit nicht aus dem Handel ziehen, doch Kerzenhalter werden wir im ganzen Land nicht kriegen!«

»Kein Problem.«

»Kein Problem? Wir haben eine unbeleuchtete Tanne!«

»Im Keller gibt es einen Haufen Draht und jede Menge Werkzeug. Ich werde Kerzenhalter erfinden!«

»Du meinst, dass du das kannst?«

»Klar.«

Sie umarmte mich auf offener Straße: »Carlitos, du bist ein Genie!«

Und so kam es dann zum ersten Brand. Die essbaren Figuren hingen anmutig in den Zweigen, die Beleuchtung stand aufrecht in meinen gebastelten Drahtspiralen, die verpackten Geschenke waren dekorativ um den Baum verteilt, und vom Plattenspieler erklangen die von meiner Mutter so geliebten deutschen Weihnachtslieder. Mademoiselle zündete mit ihren französischen Streichhölzern feierlich »ihre« Kerzen an, und wir öffneten beide Flügel der Tür, um meine im Salon wartenden Eltern zur Bescherung hereinzubitten.

Unser Weihnachtsbaum war ein voller Erfolg. Meine Mutter wurde nicht müde, jeden Einzelnen unserer künstlerischen Einfälle zu bewundern und fand, dass unser Schmuck zum Aufessen viel zu schön sei. Als schließlich alle Geschenke ausgepackt und sowohl die echten als auch die falschen Entzückensschreie verhallt waren (für Mademoiselle hatten meine Eltern eine Kollektion sämtlicher Aufnahmen von Edith Piaf aufgetrieben), gingen wir alle zusammen zu dem auf der entgegengesetzten Seite des Erdgeschosses gelegenen Speisezimmer hinüber. Gemäß ihrer sozialen Einstellung hatten meine Eltern an diesem Tag allen Dienstboten freigegeben; das Erwärmen und Servieren des von Franca vorbereiteten Festmahls hatten Mademoiselle und ich übernommen.

Wir saßen noch bei der Vorspeise, als mein Vater feststellte, es rieche irgendwie verbrannt. Mademoiselle raste mit der Serviette in der Hand in die Küche, weil sie glaubte, es sei etwas mit dem Weihnachtsbraten schief gegangen, kam jedoch augenblicklich zurück: »C'est l'arbre! C'est l'arbre!«, schrie sie. »Es ist der Baum!«

Wir stießen die Stühle zurück und stürzten in die Bibliothek. Und sahen zunächst vor lauter Qualm erst einmal gar nichts. Doch am unteren Teil des Baums züngelten deutlich Flammen. Es war wohl nur eine Frage von Minuten, ehe das Feuer den ganzen Baum erfassen würde.

Und nun geriet jeder auf seine Weise in Panik. Meine Mutter raste in ihrem dekolletierten Abendkleid auf die verschneite Straße, von wo ich sie »Feuer! Feuer!« schreien hörte. Auf Deutsch! Mein Vater riss einen Stapel Bücher aus einem der Regale und machte sich an den dahinter verborgenen Safe, um Dokumente und Wertsachen in Sicherheit zu bringen. Doch da er sich in der Aufregung nicht mehr an die Kombination erinnerte, hantierte er lediglich hustend und fluchend an dem Drehschloss herum.

Als gäbe es im ganzen Haus kein anderes Telefon, stürzte Mademoiselle zum Apparat in der Bibliothek und fragte uns, mit der Serviette in der Luft fuchtelnd, als könne sie damit die Rauchschwaden vertreiben, nach der Nummer der Feuerwehr. Doch keiner von uns war lange genug im Land, um sie zu kennen. Mein Vater erinnerte sich immerhin an die Nummer der internationalen Auskunft. Und die erbot sich dann auch sofort, uns die Feuerwehr zu schicken. Mademoiselle buchstabierte durch die vorgehaltene Serviette unsere Adresse und sank dann kraftlos in einen der Ledersessel.

Wie man mir später immer wieder versicherte, handelte ich, das Kind, als Einzige wirklich besonnen. Von meinen Erkundungszügen durch das Haus wusste ich, dass an der Kellertreppe ein zusammengerollter Gartenschlauch hing. Den schleppte ich zu der neben der Bibliothek gelegenen Toilette, befestigte ihn an dem goldenen Wasserhahn des Handwaschbeckens, rollte ihn unter Gehuste durch die immer dichter werdenden Schwaden und richtete den unverhofft kräftigen Wasserstrahl auf den inzwischen lichterloh brennenden Baum. Es dauerte keine drei Minuten, bis der Brand ganz und gar gelöscht war.

Dann drehte ich mich zu den hinter mir versammelten Erwachsenen: »Erledigt.«

Angelockt von den Schreien meiner Mutter, hatten sich unterdessen auch ein paar festlich gekleidete Nachbarn bei uns eingefunden, die jetzt lachend und hustend über den wassergetränkten Teppichboden auf mich zu wateten, um mich zu umarmen. Nur Mademoiselle verharrte versteinert in ihrem Fauteuil: »C'était ma faute«, murmelte sie wieder und wieder. »Das war ganz allein meine Schuld!«

Endlich fiel jemandem ein, dass man die Feuerwehr abbestellen müsse. Doch als man anrief, war sie natürlich längst zu uns unterwegs, und schon ein paar Sekunden später bog ein Löschwagen mit heulender Sirene in die Olive Street ein.

Abgesehen von Mademoiselle liefen alle auf die Straße. Die Nachbarn, die nicht bei uns gewesen waren, kamen nun ebenfalls aus ihren Häusern, sodass schließlich die ganze mehr oder weniger feiertäglich gekleidete Einwohnerschaft der kurzen Olive Street versammelt war. Der an der Ecke residierende Botschafter von Pakistan war im Turban erschienen.

Es war zwar erst neun Uhr abends, doch da es in Washington um diese Jahreszeit und zu dieser Stunde bereits dunkel ist, war das Herannahen der blinkenden, heulenden Löscheinheit noch eindrucksvoller, als es bei Tageslicht gewesen wäre. Es waren zwei Wagen. Im vorderen, der nur aus einer Fahrerkabine und einem riesigen Tank bestand – der Wasserwagen, wie man mir später erklärte –, saßen zwei Männer. Der zweite Wagen war mindestens dreimal so lang, weil er die Feuerleiter zu tragen hatte. Auf ihm kamen fünf weitere Feuerwehrleute – zwei saßen in der Fahrerkabine, zwei im Freien direkt dahinter, und ganz am Ende des Wagens, in einer Art Häuschen, hockte der fünfte. Und alle waren in voller Montur – die gelben, feuerfesten Jacken, die Helme, die hohen Stiefel –, so wie man eben die Feuerwehr aus dem Kino kennt. Und all das wegen eines brennenden Weihnachtsbaums.

Mein Vater und ich waren ihnen gestikulierend entgegengerannt, um ihnen zu bedeuten, dass sie sich nicht zu beeilen brauchten, die Gefahr sei gebannt. Dennoch schalteten sie die Sirenen erst ab, als sie vor unserem Haus gehalten hatten, und stiegen dann seelenruhig aus.

Mein Vater stellte sich vor – wohl vorsichtshalber unter deutlicher Erwähnung seines Diplomatenstatus – und erklärte den Hergang. Einer ging danach zum vorderen Wagen zurück und gab über Funk Order, die weiteren, sich bereits auf dem Weg befindlichen Löscheinheiten zurückzurufen.

Da es eiskalt war, verschwanden die Nachbarn bald wieder in ihren Häusern. Die Feuerwehrleute hatten sich auf dem Gehsteig versammelt und schwatzten miteinander, als ginge die ganze Sache sie nichts an. Ein paar nahmen die Helme ab und zündeten sich Zigaretten an. Andere versuchten sich durch Reiben und Herumhüpfen warm zu halten. Die meisten schienen nicht älter als dreißig. Fünf waren von schwarzer Hautfarbe und von so auffallend großer Statur, dass man auf die Idee kommen konnte, für eine Anstellung bei der amerikanischen Feuerwehr sei die Körpergröße ausschlaggebend. Einer von denen, die die Helme abgelegt hatten, war ein Weißer; er war ebenfalls sehr groß und hatte weizenblondes Haar, das ihm bis auf den Jackenkragen hing. Dann gab es noch einen mittelgroßen, stämmigen, den die anderen mit Captain ansprachen.

Dieser gab nun dem Fahrer des Wagens mit der Leiter den Befehl zur Umkehr. Und meinen Vater bat er, ihn zur Brandstelle zu führen. Denn erstens müsse er sich davon überzeugen, dass das Feuer tatsächlich ganz und gar gelöscht sei und nicht wieder aufflammen könne. Und zweitens sei natürlich ein Protokoll anzufertigen, schon wegen der Versicherung. Es war Nick Kowalski.

Und so betrat er dann unser Haus und machte sich, ohne die noch immer in ihrem Sessel kauernde Mademoiselle eines Blickes zu würdigen, an die Untersuchung der Brandstätte. Er sprach meiner Mutter sein Bedauern wegen des ruinierten Teppichbodens aus und fragte, wer die Idee mit dem Gartenschlauch gehabt habe.

»Das war unsere Tochter«, sagte mein Vater und schob mich wie zum Beweis in die Richtung des Fachmanns.

»Gut gemacht, Mädchen«, sagte der und gab mir bestätigend einen Klaps auf den Rücken.

»Darf ich fragen, wie lange Sie schon bei uns im Land sind?« Die Frage galt meinem Vater.

»Seit Oktober.«

»Dann wissen Sie wohl nicht, dass in den Vereinigten Staaten Weihnachtskerzen aus Wachs verboten sind?«

»Das wusste ich tatsächlich nicht.«

Und nun erwachte Mademoiselle endlich aus ihrer Trance: »Selbst wenn er es gewusst hätte, Monsieur: Die Schuld an diesem Feuer trifft nur eine Person, nämlich mich!«

Nick Kowalski, der in diesem Augenblick mit der Untersuchung der nassen, verkohlten Zweige beschäftigt war, wandte sich zu ihr um. Im Gegensatz zu den anderen Männern, die ihr zum ersten Mal begegneten, maß er sie mit einem wohl freundlichen, aber keineswegs übermäßig interessierten Blick. Dabei sah Mademoiselle selten so hinreißend aus wie an diesem Weihnachtsabend. Das schwarze, die Schultern freilassende Cocktailkleid, das meine Mutter ihr kürzlich aus New York mitgebracht hatte, verlieh ihr zusätzlich zu ihrer Schönheit einen Anstrich rührender Verletzlichkeit.

»Und wer sind Sie?«

»Mademoiselle Loucheron ist bei uns als Gouvernante engagiert«, erklärte mein Vater. »Sie ist Französin und ist erst zwei Wochen nach unserem Einzug in die Vereinigten Staaten eingereist.«

»Mit der Air France«, sagte ich, als könnte ich so das Thema wechseln.

»Ja, aber ich habe diesen Weihnachtsbaum geschmückt«, sagte Mademoiselle.

»Zusammen mit mir!«, rief ich dazwischen.

»Ja, aber ich habe die Kerzen angezündet.«

»Und von dem Verbot wussten natürlich auch Sie nichts?«

In Mademoiselles Stimme lag nicht das geringste Zögern: »Nein, Monsieur.«

»Wer hat Ihnen die Kerzen verkauft?«, fragte Kowalski. Mir fiel auf, dass er seine Fragen lächelnd stellte. Doch es war kein Lächeln von der Art, die zur Annäherung animiert – im Gegenteil, es hielt einen auf Distanz. Zudem sprach er mit einem Akzent, den ich partout nicht lokalisieren konnte. Meine Freundin Stanislav sprach so, wenn sie mir einen Marsmenschen vormachen wollte.

»Ich habe sie hier im Haus gefunden. In jedem Haus sind Kerzen für den Fall, dass es einen Kurzschluss geben sollte.«

Nick Kowalski schätzte die Anzahl der auf dem Baum angebrachten Weihnachtskerzen, die Augen zu einem Schlitz verengt: »Das sind mindestens zwanzig Stück.«

»In einem vornehmen Haushalt gibt es wohl alles in Überfülle«, seufzte Mademoiselle.

»Und das?« Er hatte einen meiner Kerzenhalter vom Baum genommen.

»Die Halter habe ich selbst gebastelt. Ich bin in solchen Dingen sehr geschickt.«

»Außerdem hätten Sie beim Versuch, sie zu kaufen, unweigerlich erfahren, dass in diesem Land Weihnachtskerzen aus Wachs verboten sind, und hätten logischerweise die Finger davon gelassen.«

»Selbstverständlich, Monsieur.«

Kowalski hatte sich über einen der unteren Äste gebeugt, entfernte einen kleinen verrußten Gegenstand und hielt ihn ihr hin: »Miss, ich muss Ihnen leider sagen, dass eines Ihrer selbst gebastelten Meisterwerke diesen Brand verursacht hat. Denn dieser so genannte Halter hat sich ganz offensichtlich mitsamt Kerze umgedreht und den darunter liegenden Zweig in Brand gesetzt.« Seine Stimme wurde strenger: »Es gehört leider zu meiner Pflicht, Sie darauf hinzuweisen, dass Sie nach den Gesetzen dieses Landes mit einer gerichtlichen Untersuchung und unter Umständen sogar mit einer Anklage wegen fahrlässiger Brandstiftung zu rechnen haben.«

Ich konnte nicht länger schweigen: »Die Kerzenhalter ...«

Mademoiselle unterbrach mich: »Charlotte, je t'en prie!« Und zu Nick Kowalski: »Das ist nicht mehr als gerecht, Monsieur. So würde man in einem solchen Fall auch in Frankreich verfahren.«

Da war es wieder, dieses Lächeln: »Da bin ich aber erleichtert.« Seine Stimme klang eindeutig ironisch. Ich hatte noch nie erlebt, dass ein Mann in so einem Tonfall mit ihr sprach. »Natürlich ist es auch möglich, dass man die Sache als Bagatelle abtut. Immerhin sind Sie ja erst vor kurzem eingereist. Ich schreibe jetzt erst mal einen Bericht, danach sehen wir weiter.«

»Dann erwarte ich also Ihre Nachricht, Monsieur?«

Als Antwort kam ein kurzes, trockenes Lachen: »Die käme nicht von mir, Miss. Ich bin nur ein Feuerwehrmann.«

»Aber wenn es nicht zur Anklage kommt, werden Sie es mir sagen?«

Kowalski schaute belustigt auf die Schöne im schulterfreien Abendkleid. »Auch das teilt man Ihnen mit.«

»Ja, Monsieur«, gab sich Mademoiselle unterwürfig zufrieden. Und als er sich von ihr abwenden wollte: »Captain?«

»Ja?«

»Ich möchte mich bei Ihnen bedanken.«

Er deutete mit dem Daumen in meine Richtung: »Bedanken Sie sich bei ihr.«

Mademoiselle blickte dennoch mit ihrem entzückendsten Lächeln zu ihm auf. Doch Nick Kowalski holte gleichmütig seinen Schreibblock aus der Tasche und begann sich Notizen für sein Protokoll zu machen.

Trotz der Feiertage, die für die Amerikaner nun ja erst richtig begannen, wurden bei uns schon am nächsten Tag die Aufräumarbeiten in Angriff genommen. Mr. Fudimoto hatte seine beiden Söhne mitgebracht, die sämtliche Bücher und alle Einrichtungsgegenstände der umfangreichen Bibliothek des Vermieters in den Keller transportierten. Auch aus dem Wohnzimmer mussten die Möbel entfernt werden, denn meine großzügige Bewässerung hatte auch dort den eierschalfarbenen Teppichboden ruiniert. Meine Mutter schlug vor, nach Europa zu fliegen und die Weihnachtsferien im Chalet ihrer Eltern in Altausee zu verbringen, einem Ort in der Steiermark, den sie seit ihrer Kindheit liebte. Offenbar hatte auch Sigmund Freud dort früher einmal seine Sommerresidenz. Doch dazu hatte keiner von uns anderen so recht Lust.

Ich weiß nicht, ob Mademoiselles schlechtes Gewissen daran schuld war, dass ich sie in den Tagen nach dem Brand kaum zu Gesicht bekam. Mit Sicherheit lag es auch an mir. Das Malheur hatte meinen ganzen Ehrgeiz geweckt: Ich wollte etwas erfinden, das den Einwohnern meines Gastlandes die Freude an ihrem Weihnachtsfest wiedergab, und zwar, indem es ihnen erlaubte, es wieder mit echten Kerzen zu begehen! Mein Konzept war von bestechender Einfachheit: Christbaumkugeln. Von außen würden sie wie ganz gewöhnliche Kugeln wirken, nur etwas größer würden sie sein und auch stabiler konstruiert. Denn da sie mit einem Gemisch aus Wasser und Kohlensäure gefüllt sein würden, hätten sie ja einiges Gewicht zu tragen. Wenn nun ein Weihnachtsbaum in einem unbeachteten Augenblick Feuer fing, wie kürzlich bei uns, würde die über der Hitzequelle hängende Kugel sich bis zum Bersten erwärmen und so die Löschmischung über den Brandherd ergießen und die Flammen noch im Anfangsstadium ersticken.

Wegen dieser Erfindung ging ich Mademoiselle nach diesem Feuer aus dem Weg. Denn in der Regel gelang es ihr, mir allein durch den leicht erstaunten Blick ihrer hellen Augen jedes Geheimnis zu entlocken. Übrigens habe ich vergessen, eine weitere Eigenart dieser Augen zu erwähnen: In der oberen rechten Hälfte ihrer rechten Iris gab es einen winzigen dunkelbraunen Fleck. Ein Augenarzt in Biarritz hatte ihr gesagt, dass er sich mit den Jahren immer mehr vergrößern werde, sodass es geschehen könnte, dass sie am Ende ihres Lebens zwei verschiedenfarbige Augen haben würde, ein graues und ein braunes. Seit ich das wusste, hatte ich mir angewöhnt zu kontrollieren, ob der Fleck sich seit unserer letzten Begegnung vergrößert hatte.

Wenn die Entwürfe fertig wären, würde ich sie Mademoiselle als Erster zeigen. Denn anders als meine Mutter hatte sie an meinen Ideen ein ungeheucheltes Interesse. Ich war sicher, sie würde ebenso erleichtert wie begeistert sein.

Bis zum 31. Dezember behielt ich mein Geheimnis tatsächlich für mich. Ich war viel in der großzügig ausgestatteten Kellerwerkstatt, wo ich in langen Versuchsreihen an der optimalen Mischung aus Wasser und Kohlensäure herumprobierte. Doch dann kam der Silvesterabend. Meine Eltern waren bei irgendjemandem von der Größenordnung der Harrimans oder Kissingers eingeladen und fragten mich besorgt, ob ich nicht traurig wäre, wenn sie mich allein lassen würden. Allein mit Mademoiselle. Dass eine wie sie an einem Abend wie diesem keine Verabredung hatte, fanden sie zwar unverständlich, doch nahmen sie ihr Angebot, mir Gesellschaft zu leisten, dankbar an. Im Kühlschrank stand eine Flasche Champagner für Mademoiselle bereit, mit der ausdrücklichen Erlaubnis, dass auch ich davon trinken dürfe, »aber nur ein Gläschen«. Im Fortgehen riefen sie uns lachend zu, nicht wieder das Haus anzuzünden. Ein Abschiedsgruß, den sie noch oft gebrauchen würden. Bis die Wirklichkeit ihn einholen und er ihnen nie wieder über die Lippen kommen sollte. Doch da war Mademoiselle schon nicht mehr bei uns.

An diesem Silvesterabend war sie ungewöhnlich schweigsam. Heimweh, dachte ich. Um zwölf Uhr zogen wir unsere Wintermäntel an und gingen auf die menschenleere Straße mit den verschneiten Ahorn- und Magnolienbäumen. Silvester an einem Ort wie Georgetown ist eine eigentümliche Sache. Dank der aus aller Herren Länder auf kleinstem Raum zusammengewürfelten Einwohnerschaft ist ein Spaziergang um Mitternacht wie die Umrundung eines Kinderglobus: In einem Haus wurde das neue Jahr in absoluter Stille erwartet; im nächsten wurde es völlig ignoriert, weil nach einem anderen Kalender gerechnet wurde; im dritten begann man Punkt zwölf, gebrauchte Möbel auf die Straße zu schleudern – ein Stuhl, der aus dem zweiten Stock der Villa eines Italieners flog, hätte uns um ein Haar getroffen; im nächsten wiederum warfen sie mit Gläsern. Und natürlich hielten es etliche mit Knallfröschen und Salutschüssen oder versuchten sich an einem Feuerwerk.

Von unserer Expedition zurückgekehrt, öffneten wir den Champagner. Für mich war es die erste ernsthaftere Erfahrung mit Alkohol, und sie war bezeichnend. Denn kaum hatte ich mit Mademoiselle angestoßen – ich auf Frankreich, sie auf Argentinien – und zwei, drei Schlückchen getrunken, begann ich auch schon von meiner Erfindung zu erzählen. Obwohl längst nicht alle Probleme gelöst waren – eigentlich stand noch nicht einmal der Durchmesser der Glaskugeln fest –, konnte ich einfach nicht umhin, ihr die Sache auseinander zu setzen. Und zwar in allen Details. Doch Mademoiselle sagte zunächst einmal gar nichts.

»Verstehen Sie?«, fragte ich ungeduldig. »Unser Unfall an Weihnachten, das ist Vergangenheit! Berlin, Wien, New York, Buenos Aires – überall können die Menschen bald mit richtigen Kerzen feiern! Durch meine Erfindung wird das Anzünden der Kerzen an einem Weihnachtsbaum so ungefährlich wie das Einschalten eines Haartrockners!«

Ich hielt erschöpft inne und sah sie erwartungsvoll an. War sie schwer von Begriff?

»Und die Feuerwehr?«, fragte sie schließlich.

»Die feiert auch. Mit einem eigenen Weihnachtsbaum und echten Kerzen!«

Mademoiselle begann plötzlich laut zu lachen. Ich warf einen Blick auf die Flasche: Während ich ihr meine Erfindung erklärt hatte, hatte sie sich einen Rausch angetrunken.

»Sind Sie betrunken?«

»Vielleicht, Carlitos, vielleicht! Aber schon seit Tagen!«

»Und was sagen Sie dazu?«

»Wozu?«

»Zu meiner Erfindung!«

»Que ce serait dommage.« Sie schenkte sich nach und füllte auch mein Glas wieder.

»Was wäre schade?«

»Wenn jeder deine Erfindung hätte. Dann wären sie ja überflüssig, die Männer von der Feuerwehr.« Wieder dieses Lachen.

Und nun verlor ich wirklich die Geduld. So sehr unter Preis hatte ich noch nie eines meiner Geheimnisse verraten: »Sie sind ja betrunken!«

Sie stellte ihr Glas weg und nahm lächelnd meine Hand: »Carlitos ... Ich habe dir doch gesagt, dass ich es dir sagen würde.«

Ich entzog ihr meine Hand: »Was würden Sie mir sagen?«

»Wenn er mir begegnet. Der Mann. Der zum Heiraten. Eh bien: Il est arrivé!«

Ich drehte mich unwillkürlich um.

Sie lachte: »Nicht hier, Dummkopf! Aber er ist gekommen. Vor ein paar Tagen schon.«

»Wohin ist er gekommen?«

»Hierher. Direkt in unser Haus. In deins, in das deiner Eltern.«

»Habe ich ihn gesehen?«

»Und ob du ihn gesehen hast. Denk nach!«

Ich versuchte mich an all die Männer zu erinnern, die in den vergangenen Tagen bei uns gewesen waren. Doch außer dem Chirurgen, der diesmal einen winzigen Christbaum für sie abgegeben hatte, fiel mir keiner ein.

»Der Leuteaufschlitzer«, sagte ich. »Also doch.«

»Est-ce que tu es folle?«

»Aber sonst ist doch keiner da gewesen. Jedenfalls keiner in Ihrem Alter.«

»Denk zurück. Denk zurück bis Weihnachten.«

»Der Weihnachtsmann!« Jetzt war ich diejenige, die lachen musste.

»Sei nicht albern! Was ist an Weihnachten vorgefallen?«

»Das stand in der Zeitung«, sagte ich kichernd.

»Na also, es hat gebrannt. Und wer ist bei dieser Gelegenheit in unser Haus gekommen?«

»Die halbe Nachbarschaft.« Ich hielt den Atem an: »Der von der pakistanischen Botschaft? Der mit dem Turban?«

»Du sollst nachdenken!«

Einer der Nachbarn, aber welcher? »Der dämliche Schwede von gegenüber?«

»Das ist doch noch ein Teenager.«

»Dieser Perser, der das Haus voller Siamkatzen hat?«

»Nie gesehen.«

»War aber da.«

Sie wurde ungeduldig: »Er ist's jedenfalls nicht.«

»Dann weiß ich keinen. Höchstens noch die Feuerwehr.«

»Na endlich! Es wird wärmer.«

»Welcher?«

»Das sollst du mir sagen.«

»Der große Blonde natürlich.«

»Wieso natürlich?«

»Einer von den Schwarzen?«

Und auf einmal sah ich ihn vor mir. Der, den sie Captain genannt hatten. Der mit dem Protokoll.

»Nein!«, sagte ich ungläubig.

»Doch.«

»Der kleine Fette, den sie mit Captain angesprochen haben? Der mit der Glatze?« Ich frage mich noch immer, wie ich Kowalski so beschreiben konnte. Eifersucht? Denn klein war er höchstens im Vergleich zu den Giganten in seinem Trupp. Und fett war er schon gar nicht. Dass er ein wenig massig wirkte, lag wohl vor allem an den sehr breiten Schultern. Und von Glatze keine Spur. Sein Haar war vielleicht ein bisschen dünn, doch er war ja auch nicht mehr so jung wie die anderen. Gewiss war Kowalski keiner von den Männern, die man ungefragt als gut aussehend bezeichnen würde. Heute würde ich einen wie ihn vielleicht erotisch nennen – wie jeden Mann, der genau zu wissen scheint, was er sagt und was er tut. Doch damals war ich zwölf.

»Er ist weder klein noch fett, noch hat er eine Glatze«, verteidigte Mademoiselle ihn. »Und er hat die aufregendste Stimme, die ich je bei einem Mann gehört habe.«

»Jedenfalls ist er stockhässlich«, sagte ich trotzig.

Doch offenbar hatte Mademoiselle beschlossen, meinen Geschmack in Bezug auf Männer nicht allzu ernst zu nehmen: »Übrigens heißt er Nikolas. Ich habe auf der Abschrift des Berichts seinen Namen gelesen. Nikolas Kowalski.«

Eine Weile sagten wir gar nichts. Sie hat sich ganz einfach einen Witz erlaubt, dachte ich. »Das soll ein Witz sein, oder?«

»Nein, Carlitos, es ist wahr. Ich habe es immer gesagt: Wenn es der Richtige ist, weiß man's sofort.«

»Aber das ist nicht der Richtige!« Vielleicht war es die Wirkung des Alkohols – ich schrie es nur so heraus.

»Doch, Liebling, er ist es.«

»Er hat Sie wie Dreck behandelt! Wie eine Kriminelle!«

»Das war seine Pflicht. Es wäre ja möglich gewesen, dass ich eine bin, die zum Vergnügen Sachen anzündet. Aber bald ist die Gerichtsverhandlung. Da ist er bestimmt als Zeuge geladen.«

Ich war wie zerschlagen: »Ein hässlicher kleiner Feuerwehrmann! Das ist doch nicht Ihr Ernst!«

»Es ist mein Ernst.«

»Aber was ist denn an dem? Was hat er den anderen voraus?«

Mademoiselle lächelte versonnen in sich hinein: »Er ist ein Mann.«

Am nächsten Tag blieb ich bis mittags im Bett, und am Nachmittag tat ich alles, um nicht mit ihr zusammenzutreffen. Doch meine Mutter war schon lange der Meinung, dass wir beide uns viel zu viel auf Englisch unterhielten. Und darum ordnete sie an, dass Mademoiselle mir bis zum Ende der Weihnachtsferien, die noch eine ganze Woche dauerten, jeden Tag mindestens drei Stunden lang Französischunterricht geben würde.

Doch falls Mademoiselle gehofft hatte, dass wir unser Gespräch über ihren Angebeteten fortsetzen würden – womöglich noch auf Französisch, sah sie sich enttäuscht. Ich konzentrierte mich strikt auf den Stoff des Unterrichts, und als sie dabei das Gespräch einmal wie zufällig auf ein brennendes Auto brachte, blieb ich völlig ungerührt:

»Carlitos, écoute: Tu te promènes à travers Paris et tu vois une voiture qui brûle. Qu'est-ce que tu fais?«

»Ich sehe nach, ob einer in dem brennenden Auto drinsitzt.«

»Und wenn keiner drinsitzt? S'il n'y a personne?«

»Dann suche ich eine Telefonzelle.«

»En français.«

»Je cherche une ...«

»... cabine de téléphone. Et alors?«

»Ich rufe die Polizei an.«

»Tu appelles la police?«

Doch das Wort für Feuerwehr wollte mir einfach nicht einfallen: »J'appelle les hommes qui tuent le feu.«

»Et comment s'appellent-ils, ces hommes?«

»Die Feuerwehrleute.«

»En français«, mahnte sie freundlich.

»Les pompiers?«

»Bravo!«, lobte Mademoiselle, die kieselsteingrauen Augen lächelnd auf mich gerichtet.

Doch wenn sie erwartet hatte, dass ich nun komplizenhaft zurücklächeln würde, hatte sie sich geirrt. Außerdem gab es nicht den geringsten Grund, mich mit ihr über die Feuerwehr zu unterhalten. Hatte sie sich vielleicht für meine Erfindung interessiert?

Womit ich wieder einmal bei der Freundschaft war, einem anderen der Themen, die mir damals zu schaffen machten: Was, wenn auch sie etwas Verlogenes war, vielleicht das Verlogenste von allem? Du darfst mir von deinem Feuerwehrmann erzählen, wenn du dir dafür alles von meiner Erfindung anhörst. Ruf mich an, wenn du dich einsam fühlst, und sei es mitten in der Nacht, denn ich würde im umgekehrten Fall ja dasselbe tun. Und wenn es dir schlecht geht, gebe ich dir Geld, weil ich genau weiß, dass auch du für mich jedes Opfer bringen würdest.

Da heißt es immer, Freundschaft sei das edelste aller menschlichen Gefühle. Edler noch als die Liebe, die ja letzten Endes doch zu einem guten Teil auf unserem Fortpflanzungstrieb beruht. Edler als Familienbande, die ja Personen gelten, die wir uns nicht einmal ausgesucht haben. Edler als unsere Sorge um die Bedürftigen, mit der wir uns nur beweisen wollen, dass wir gute Menschen sind.

Aber war nicht gerade die viel besungene Freundschaft das kaltblütigste aller zwischenmenschlichen Geschäfte? Ein Privatvertrag gegen jene Notlagen, vor denen uns selbst Versicherungsgesellschaften niemals bewahren könnten? Er hat Dutzende von Freunden, sagt man oft bewundernd von einem Menschen. Dabei hat er sich vielleicht nur besonders raffiniert abgesichert. Er hat keinen einzigen Freund, behauptet man von anderen verächtlich. Als sei es nicht bewundernswert, wenn es einer wagt, so ungeschützt durchs Leben zu gehen.

Einmal, noch in Lima, sprach ich mit meiner Mutter über diese Sache. Ich hatte gerade Stanislav kennen gelernt und war so glücklich, endlich jemanden zu haben, mit dem ich über alles reden konnte. Doch sie sagte nur, dass ich solche Gedanken besser nicht denken solle. Sonst würde ich noch wie ein Tausendfüßler, der dauernd auf seine Füße achtet und deshalb nicht mehr laufen könne.

Am Freitagnachmittag war mein Vater früher als gewöhnlich aus dem Büro zurück. »Gute Nachrichten!«, rief er noch im Flur. Er trat an den Tisch, an dem ich mit Mademoiselles Hilfe gerade einen Artikel aus der *Washington Post* ins Französische übersetzte.

»Das gilt vor allem für Sie, Mademoiselle.« Er legte einen Brief auf den Tisch. »Das kommt vom Gericht.«

»Vom Gericht?«

»Keine Verhandlung! Offensichtlich hat der Feuerwehrmann so positiv über Sie und den ganzen Vorfall berichtet, dass man es nicht für nötig gehalten hat, ein Verfahren einzuleiten.«

Sie sah ihn entgeistert an: »Es wird keine Verhandlung geben?«

»Ich dachte, Sie freuen sich?«

»Aber natürlich freue ich mich, Monsieur. Ich danke Ihnen.«

Als er wegging, nahm sie den Brief und stand auf: »Genug für heute. Ça suffit.«

»Aber wir sind doch noch gar nicht fertig?«

»Wir machen morgen weiter.«

Damals habe ich es nicht begriffen, doch für sie war diese Gerichtsverhandlung die einzige Hoffnung, ihn wiederzusehen.

Am folgenden Montag begann die Schule wieder. Ich konnte es kaum erwarten, Mrs. Lindner, die Physiklehrerin, nach ihrer Meinung über meine Erfindung zu fragen. Sie war zwar eigentlich nicht für mich zuständig, denn ich war erst in der sechsten Klasse, und da hatte man in der Georgetown Day School noch keinen Physikunterricht. Doch sie hatte bisher für meine Versuche stets ein offenes Ohr gehabt und enttäuschte mich auch diesmal nicht.

Als ich ihr die Sache vorgetragen hatte, lachte sie mich aber rundherum aus: »Und von dem berühmten Boyscout-Experiment hast du wohl noch nie gehört?«

»Welches Boyscout-Experiment?«

»Das mit der Papiertüte. Du nimmst eine Papiertüte – eine stabile natürlich – und hältst sie über ein Feuer. Was glaubst du, was passiert? Dass sie anbrennt natürlich, nicht wahr? Dass sie anbrennt, aufreißt, das Wasser sich über das Feuer ergießt und es auslöscht. Nun, das Gegenteil ist der Fall: Das Feuer lässt die Tüte unversehrt, und nach einer Weile fängt das Wasser sogar an zu kochen.«

»Das ist nicht wahr.«

»Komm ins Labor! Ich zeig's dir.«

Sie zeigte es mir. Im Labor, über einem Bunsenbrenner. Und als nach einer Weile das Wasser tatsächlich zu kochen begann, liefen mir Tränen über die Wangen.

Natürlich war es nicht das erste Mal, dass sich eine meiner Erfindungen beim näheren Hinsehen als Hirngespinst entpuppte. Doch wie ich heute weiß, wurde ich hie und da auch zu Unrecht ausgelacht. In Lima hatte ich mir ein blinkendes Hundehalsband ausgedacht, mit dem man seinen Hund bei Nacht frei laufen lassen konnte und trotzdem in der Lage war, zu sagen, wo er sich gerade herumtrieb, sodass man ihn stets rechtzeitig zurückpfeifen konnte. Stanislav sagte mir, das würde kein Mensch kaufen, da es verboten sei, seinen Hund ohne Leine herumlaufen zu lassen, und kein Hundebesitzer sich aus freien Stücken als potenzieller Gesetzesbrecher kennzeichnen würde. Zwanzig Jahre später sah ich dann eines Abends an einem Strand bei Barcelona einen Hund, den sie Kuki riefen, mit genau so einem Halsband herumlaufen. Dann hatte ich mir unter dem Einfluss von Einsteins Relativitätstheorie eine Religion ausgedacht, die ohne Bestechung funktioniert – das heißt, man musste dem Gläubigen nicht mehr ein Weiterleben im Paradies versprechen, damit er sich auf Erden anständig benahm. Ich will damit jetzt nicht ins Detail gehen, weil es mit dieser Geschichte wenig zu tun hat. Doch ich bin heute noch der Ansicht, dass die Sache gewisse Erfolgschancen hätte.

Zuweilen waren meine Einfälle zwar genial, nur rannte ich damit offene Türen ein. So hatte ich für unser Hausmädchen ein batteriebetriebenes Fensterputzgerät erfunden, und als ich es vor versammelter Belegschaft erläutert hatte, holte Franca aus unserer Besenkammer ein an einer langen Stange rotierendes Borstengebilde, das genau die Vorzüge besaß, die ich mir zur Erlösung aller geplagten Hausfrauen dieser Welt ausgedacht hatte. Es dauerte Tage, bis ich über die narzisstische Kränkung hinweggekommen war. Und eigentlich gelang es mir erst, als ich eine neue, meines Erachtens noch viel spektakulärere Idee hatte. Diesmal für einen raffiniert gelöcherten Kochtopfdeckel, der endlich das Überkochen verhindern würde. Den Leiden der erfolglosen Erfinderin entkomme man offenbar auf die gleiche Weise wie jenen der verschmähten Geliebten, meinte Franca. Denn hier helfe weder Reisen noch Psychotherapie: Es gebe nur ein Rezept, einen Mann zu vergessen, und das sei ein anderer Mann.

Diesmal kam die Erlösung noch am selben Abend. Da ging ich nämlich mit meiner Mutter ins Ballett, gezwungenermaßen selbstverständlich. Meine Mutter liebt Ballett, während ich darin stets das Gegenteil dessen erkenne, was dem Publikum versprochen wird: die Freude an der Schwerelosigkeit des menschlichen Körpers, das Staunen über die unendlich vielen Möglichkeiten, unsere Gliedmaßen zu bewegen. Mir wird bei einer Ballettvorstellung erst richtig klar, wie wenig es nützt, wenn ein Mensch jahrzehntelang so etwas wie das Hüpfen übt. Er hüpft vielleicht am Ende ein, zwei Meter höher als die anderen, doch schließlich plumpst er genau wie sie auf den Boden zurück – von Schwerelosigkeit keine Spur. Und das von den unendlich vielen Möglichkeiten der menschlichen Bewegung ist erst recht ein Mythos: Zwei Arme und zwei Beine, die gekonnt in jede Richtung fuchteln, bringen einem erst zu Bewusstsein, wie kläglich wenig Möglichkeiten das in Wirklichkeit sind. Später, als ich den Sex kennen lernte, erlebte ich eine ähnliche Enttäuschung. Alle Welt tut so, als gäbe es gerade hier Hunderte raffinierter Möglichkeiten, und dann sind es letztlich doch nur vier oder fünf Stellungen, bei denen man sich wirklich wohl fühlt. Jedenfalls war Ballett zu jener Zeit für mich nicht viel mehr als eine Turnstunde, bei der man fürs Zuschauen auch noch Eintritt zahlen mußte. Und entsprechend bescheuert kamen mir die Leute vor, die das taten.

Auch diesmal ließ der Ausbruch nicht lange auf sich warten: »Ich verstehe, dass denen das Spaß macht. Aber könnten sie ihre Gymnastik nicht an einen Ort verlegen, wo ihnen keiner zuschauen muss?«

»Liebling ...«, flüsterte meine Mutter.

»Strawinsky! Ist doch schade um die Musik!«

Meine Mutter schob energisch ihren Ellbogen zu mir herüber und ließ ihren Arm wie zur Warnung auf der Lehne. Ich betrachtete ihre Hand. Es war eine gepflegte Hand mit perfekt lackierten Fingernägeln; zwischen Daumen und Zeigefinger hielt sie den Programmzettel, den ich ihr vor Beginn der Vorstellung vorgelesen hatte, weil sie vor lauter Eitelkeit natürlich wieder einmal ihre Lesebrille nicht umhängen hatte. (»Soll ich vielleicht herumlaufen wie ein Auto?«) Am Handgelenk dagegen trug sie ungeniert den dicken Goldreif aus Indien mit der eingravierten Elefantenherde. Ich an ihrer Stelle hätte mir lieber eine Brille ans Handgelenk geschnallt.

Mir stockte der Atem: eine Brille am Handgelenk! Natürlich, das war's! Nein, keine Brille, aber eine Lupe, die man bei Bedarf abnehmen konnte. Am rechten Handgelenk eine Lupe, am linken die Armbanduhr. Oder noch einfacher: Man konnte die Lupe mit der Uhr kombinieren zu einem Gerät, das man dann natürlich am besten links trug. Was für ein riesiger Markt sich damit öffnete: Alle Damen und

Herren, die sich ständig darüber aufregten, dass sie ihre Lesebrille nicht finden konnten – und das hieß, so gut wie jede Person über fünfundvierzig – würde für meine Erfindung dankbar sein. Natürlich würde man damit keine Bücher lesen können, doch für den Notfall war man stets gerüstet: Das Entziffern eines Programmzettels, einer Speisekarte im Restaurant, eines Preisschilds im Supermarkt, eines Fahrplans, einer Telefonnummer – das alles wäre nie mehr ein Problem.

Noch in derselben Nacht machte ich eine Skizze. Ich habe sie all die Jahre aufbewahrt, weil diese Erfindung für mich das letzte »Normale« war. Das Ende meiner Unschuld sozusagen. Vielleicht sogar das Ende meiner Kindheit. Und erhalten blieb sie nur, weil ich sie zur Beurteilung an Stanislav weiterschickte. Nichts von dem, was damals in dem himmelblauen Haus in der Olive Street war, ist nämlich später dem Feuer entgangen.

Am Dienstagnachmittag war wieder mein Klavierunterricht bei Mr. Pilgrim fällig, zu dem mich Mademoiselle hinzubringen und wo sie mich auch nach meiner Stunde wieder abzuholen hatte.

Ich hasste die Klavierstunden bei Mr. Pilgrim. Dabei hatte ich nicht das Geringste gegen das Klavierspiel an sich einzuwenden, im Gegenteil. Als ich fünf Jahre alt war, verbrachten wir die Sommerferien im Haus von Freunden meiner Eltern, in Civitavecchia, einem Hafenstädtchen in der Nähe Roms, wo mein Vater zu der Zeit an der Botschaft beschäftigt war. Den Gastgebern war aufgefallen, dass ich die Gabe hatte, die einfahrenden Boote schon lange, bevor sie in Sicht kamen, an den Motorgeräuschen zu identifizieren. Als wir wieder in der Stadt waren, wurde ein Musikpädagoge hinzugezogen, und dabei stellte sich dann tatsächlich heraus, dass ich überdurchschnittlich musikalisch war. Und seitdem bekam ich Klavierstunden, wo immer wir auch lebten.

Ich weiß nicht, wie meine Mutter ausgerechnet auf Mr. Pilgrim gekommen war. Vielleicht einfach darum, weil er in der Nähe wohnte und man so den Fahrer nicht beanspruchen musste. Mademoiselle und ich waren also wieder einmal zu Fuß unterwegs, und ich überlegte, ob ich ihr von meinem Problem mit diesem Lehrer erzählen sollte. Doch ich wusste ja nicht einmal, ob es sich tatsächlich um ein Problem handelte, denn er war bereits über siebzig und damit nach meinen damaligen Begriffen ein uraltes Männchen. Er war ein dürrer, hoch gewachsener Herr mit einer spitzen Nase und grauen Haaren, die ihm, geteilt von einem sauber gezogenen Mittelscheitel, exakt bis zu den Schultern gingen, und er hatte eine Angewohnheit, die mich in wachsendem Maß irritierte. Wie meine Lehrerin in Lima pflegte er während des Unterrichts rechts neben mir auf der Klavierbank zu sitzen, doch sobald er Platz genommen hatte, legte er wie zufällig seine knochige Hand auf mein rechtes Knie. Und beim Umblättern der Noten glitt diese dann immer ein paar Zentimeter weiter an meinem Schenkel hinauf. Das ging nie so weit, dass man ihm wirklich etwas hätte vorwerfen können, aber ich ekelte mich mehr und mehr vor diesen Berührungen. Deshalb hatte ich mir angewöhnt, mir zu diesen Klavierstunden zwei paar Hosen übereinander anzuziehen. Wie man sich denken kann, war es mit meiner Konzentration auf das Klavierspielen unter diesen Umständen auch nicht weit her. Dauernd musste ich darauf gefasst sein, dass er sich noch ein Stück weiter wagte.

Auch in der Auswahl meiner Übungen war Mr. Pilgrim mehr als originell: Johann Sebastian Bach, etwas anderes gab es bei ihm nicht. »Der Einzige!«, pflegte er zu sagen. »Der Einzige, der es wert ist, dass man das Klavierspiel erlernt!« Wie zur Warnung deutete er dabei auf die beim Fenster platzierte Büste des Meisters. Die Stunden in dem schmuddeligen, nach Tabak stinkenden Pavillon im Garten dieses Lehrers haben darum bis heute eine bizarre Auswirkung auf mein Musikempfinden. Ich bin wohl der einzige Mensch auf der Welt, bei dem die Kompositionen Bachs sexuelle Assoziationen auslösen.

Gerade als ich mir ein Herz fasste und Mademoiselle vorsichtig von meinem Problem mit Mr. Pilgrim erzählen wollte, war sie es, die zu sprechen begann: »Carlitos, nehmen wir einmal an, du hättest dich in einen Piloten der Air France verliebt ...«

»Der Air France?«

»Aerolíneas Argentinas, wenn dir das lieber ist. Aber dieser Pilot hat von deiner Liebe keine Ahnung. Vielleicht weiß er nicht einmal so richtig, dass es dich gibt. Und darum musst du jetzt unbedingt etwas unternehmen, damit du ihn wiedersiehst. Was würdest du tun?«

Ich überlegte: »Okay, ich würde mir zuerst mal ein Ticket kaufen. Für die Route, auf der er fliegt. Und wenn wir in der Luft wären, würde ich der Stewardess hundert Dollar geben und ihr sagen, ich müsste unbedingt die Pilotenkanzel besuchen, weil ich nämlich ...«

»Und angenommen, es wäre ein Architekt, in den du dich verknallt hast?«

»Da würde ich so tun, als wäre ich eine steinreiche Dame, und würde mir von ihm ein Haus entwerfen lassen.«

Mademoiselle atmete tief: »Und bei einem Feuerwehrmann? Angenommen, es wäre ein Feuerwehrmann, den du wiedersehen möchtest?«

Der Gedanke war so grotesk, dass ich ihn kaum auszusprechen wagte: »Bei einem Feuerwehrmann würde ich eins anzünden.«

»Was würdest du anzünden? Ein Haus?«

»Was sonst?«

»Voilà!«

Wir waren vor Mr. Pilgrims Gartentür angekommen.

»Wollen Sie nicht mit reinkommen? Sie könnten doch auch drin auf mich warten?«

»Ich muss jetzt nachdenken. In einer Stunde bin ich wieder hier.«

Wir sprachen dann nicht mehr über die Sache. Doch ein paar Abende später – meine Eltern waren nach Los Angeles geflogen und wurden erst am nächsten Tag zurück erwartet – brannten keine fünfzig Meter von unserem Haus drei Müllcontainer.

Ich hatte bereits geschlafen, als Mademoiselle in mein Zimmer kam: »Réveille-toi, Charlotte!«

»Was ist passiert?«

»Es brennt.«

»Schon wieder?« Ich sprang aus dem Bett.

»Aber nein, nicht bei uns. Da ...« Sie öffnete das Fenster und wischte den Schnee vom Fensterbrett, damit ich mich hinauslehnen konnte. Tatsächlich war da in einiger Entfernung der Umriss von etwas zu erkennen, dem rötlich gefärbter Qualm entstieg. Ich sah sie fassungslos an.

»Nur ein paar Mülltonnen«, beruhigte sie mich lächelnd.

»Und die haben Sie ...?«

»Wer sonst? Aber anrufen musst du. Mein Akzent ist zu auffällig.«

Wir liefen in den Salon, und Mademoiselle wählte die Nummer der Feuerwehr, die sie diesmal auswendig konnte. Als sie mir den Hörer reichte, hielt sie die Hand auf die Muschel: »Nenn ihnen nicht deinen Namen. Und sag nicht, dass es Mülltonnen sind, sonst nehmen sie's nicht ernst.«

Auf der anderen Seite meldete sich eine Männerstimme: »Washington Fire Department.«

Ich hörte mein Herz schlagen: »Ist dort die Feuerwehr?«

»Was gibt's?«

»Ich rufe Sie aus der Olive Street an. Olive Street, Georgetown. Gleich um die Ecke von der N-Street, wo der Präsident gewohnt hat.«

»Welcher Präsident?«

»Der Präsident der Vereinigten Staaten.«

»Du willst mich hochnehmen, wie?«, fragte der Mann vom Bereitschaftsdienst mit einem gutmütigen Lachen. Weiß Gott, wie viele verrückte Anrufe die am Tag bekamen.

»Ich wollte nur sagen, dass es hier brennt!« Ich legte auf.

»Großartig! Das hast du großartig gemacht, chérie!« Sie gab mir nach Franzosenart zwei Küsse auf die Wangen.

Erst jetzt bemerkte ich, dass sie das weiße Seidennegligé trug, das mein Vater meiner Mutter zu Weihnachten geschenkt hatte. Und darunter das dazugehörige seidene Nachthemd, beides von Dior.

»Aber das ist doch ein Negligé meiner Mutter!«

»Nur ausgeliehen. Ich muss doch schön sein, wenn er kommt. Außerdem muss es aussehen, als habe man mich direkt aus dem Schlaf gerissen.«

Sie öffnete ihr verknotetes Haar, ging zum Spiegel und betrachtete sich von allen Seiten.

»Wie seh' ich aus?«

Es war das erste Mal, dass ich erlebte, dass sie sich um ihr Aussehen sorgte.

»Gut.« Ich war noch immer ein wenig verschlafen.

»Oder soll ich lieber ihren blauen Morgenrock nehmen?« Sie stand noch immer vor dem Spiegel. »Oder den mit den Karos? Sag doch!«

»Der wäre jedenfalls wärmer.«

»Wärmer! Ce sont les apparences qui comptent!«

Ich ließ sie warten: »Das Weiße ist okay!«

Als die Feuerwehr in unsere Straße einbog, rannten wir ins Freie, als hätten uns die Sirenen angelockt. Mademoiselle hatte dafür gesorgt, dass ich über meinem Pyjama den Wintermantel mit der Kapuze angezogen hatte. Sie selbst ging so, wie sie war: Wer denkt schon an seine Gesundheit, wenn es beim Nachbarn brennt? Dass es nur ein paar Container sein würden, konnte sie ja nicht wissen. Und die brannten inzwischen lichterloh. Wie hatte sie das zustande gebracht?

Auch die anderen Nachbarn waren aus ihren Häusern gekommen. Einigen war anzumerken, dass sie nicht wussten, was mehr Aufmerksamkeit verdiente: der brennende Abfall oder mein Kindermädchen, das einem Hollywood-Film entsprungen zu sein schien. Wie vor drei Wochen waren es wieder zwei Wagen, und auch die Besatzung war dieselbe einschließlich des schönen Blonden. Er sprang als Erster vom Fahrzeug, um den Schlauch an den

Hydranten anzuschließen. Wenn es nur der wäre, dachte ich.

Nach ein paar Sekunden der Panik entdeckten wir auch Nick Kowalski, der mit knappen Gesten den eher komischen Einsatz an den brennenden Containern dirigierte. Allerdings dauerte es diesmal ein wenig länger als bei unserem Baum: Wenn man meinte, die Sache sei erledigt, flackerten irgendwo immer wieder Flämmchen auf.

»Wie haben Sie das geschafft?«, fragte ich Mademoiselle leise.

»Gestern war Altkleidersammlung.«

»Was hat das ...«

»Ich habe drei Päckchen von diesen Spiritustabletten angezündet, die die Amerikaner für ihr Barbecue verwenden, und in drei Tüten mit alten Kleidern gesteckt. Und die habe ich dann in die drei Container gelegt und die Deckel offen gelassen.«

»Sauerstoff«, sagte ich sachverständig.

»Genau.«

»Und wenn sie die Reste analysieren? Was ist mit den Etiketten?«

»Tu me prends par une débile? Ich werde doch keine Kleider nehmen, die aus unserem Haushalt stammen!« Und als ich beeindruckt schwieg: »Gut, oder?«

»Nicht schlecht.«

Da es eisig kalt war, trotteten die übrigen Zuschauer nach und nach in ihre Häuser zurück. Einige hatten versucht, mit Mademoiselle ins Gespräch zu kommen, merkten jedoch rasch, dass ihr daran nicht gelegen war. Sie stand sehr aufrecht mitten auf der vereisten Straße. Ein kleiner Wind war aufgekommen und blähte den weißen Seidenmantel. Sie sah aus wie ein in der Antarktis gestrandetes, herrliches Segelschiff.

Als Nick Kowalski mit einem kurzen Anheben seiner Hände zu verstehen gab, dass die Sache abgeschlossen sei, wurde sie augenblicklich von der ganzen Truppe umringt, die sie ehrfurchtsvoll bestaunte. Sie hatte mich gerade an der Hand genommen und tat so, als sei es nun auch für uns Zeit zurückzukehren, als endlich auch Kowalski zu uns trat.

»Alte Freunde«, sagte er lächelnd. Und zu mir: »Diesmal sind wir ohne dich zurechtgekommen, hast du gesehen?«

»Ja, ist das nicht seltsam?«, antwortete Mademoiselle an meiner Stelle. »Zwei Brände in derselben Straße, im Abstand von nur drei Wochen.«

»Das Gesetz der Serie«, sagte Kowalski.

»Das Gesetz der Serie?«, hakte Mademoiselle nach. Äußerlich wirkte sie völlig ruhig, doch da sie mich noch immer an der Hand hielt, spürte ich, wie sie vor Aufregung – und wohl auch vor Kälte – zitterte. Wenn er sich gleich wieder davonmachen würde, wäre alles umsonst gewesen.

»Nun, solche Sachen passieren meist in ...« Er suchte nach dem passenden Wort, fand es aber nicht: »In Serie eben.«

»Das müssen Sie mir erklären«, sagte Mademoiselle begeistert. »Ich finde das faszinierend, die Welt der Feuerwehr!«

Nick Kowalski musterte sie amüsiert: »Ich finde, Sie sollten jetzt besser in Ihr warmes Bett zurück, Miss. Sie holen sich sonst noch eine Lungenentzündung.« Er sah sich um: »Lieutenant?«

Der schöne Blonde trat vor: »Captain?«

»Holen Sie eine Wolldecke.«

»Jawohl, Captain.«

Mademoiselle unternahm den Versuch, die begonnene Unterhaltung fortzusetzen: »Das Verfahren ist eingestellt worden.«

»Welches Verfahren?«

»Das gegen mich.«

»Tatsächlich? Da wissen Sie mehr als ich. Aber es wurde wohl erst gar nicht eröffnet?«

»Ja, das wollte ich sagen. Das habe ich sicherlich Ihrem Bericht zu verdanken.«

»Der war absolut objektiv.«

»Wollen Sie damit sagen, dass Sie mich für unfähig halten, ein Feuer anzuzünden? Ich meine zum Vergnügen?«

Nick Kowalski betrachtete sie gelassen: »Ich bin sicher, dass Sie in Ihrem Leben schon einige Feuer angezündet haben.« Die ganze Truppe lachte.

Der Blonde war unterdessen mit der Wolldecke zurückgekehrt: »Die Decke, Captain.«

»Legen Sie sie um die beiden Damen, und begleiten Sie sie zum Haus zurück.« Und zu Mademoiselle: »Der Lieutenant wird Ihnen erklären, was es mit dem Gesetz der Serie auf sich hat.«

»Warum nicht ich?«, sagte einer der Schwarzen lachend.

»Warum nicht wir alle?«, meinte ein anderer und grinste.

Das Gelächter wurde von Kowalski mit einer knappen Geste gestoppt. Und dann wandte er sich einfach ab. Von ihr, von Mademoiselle!

Wir gingen schweigend nach Hause, gaben dem Blonden an der Haustür schweigend seine Wolldecke zurück, betraten schweigend das Haus, wo mich Mademoiselle schweigend aus meinem Mantel schälte. Und dann nahm sie mich in die Arme und wirbelte mit mir durch das ganze Erdgeschoss.

»Ist er nicht herrlich? Ist er nicht wunderbar? Hast du seine Augen gesehen, Carlitos? Hast du aufgepasst, wie er redet? Kein Wort zu viel! Und dieser Akzent!« Ich war völlig verblüfft. Jede andere Frau hätte nach einem solchen Fiasko aufgegeben. Dieser schwachsinnige Feuerwehrmann hatte sie zuerst ignoriert und sich dann über sie lustig gemacht. Er hatte sie mitten im Gespräch stehen lassen und, indem er sie vom bestaussehenden seiner Untergebenen nach Hause bringen ließ, quasi einem anderen in die Arme getrieben – denn sie hätte diesen Blonden ja nur hereinbitten müssen und hätte ihn gehabt. Und was tat sie? Sie führte sich auf, als hätte sie einen Sieg errungen.

Endlich stellte sie mich wieder auf die Füße. Und jetzt ergriff ich das Wort: »Er ist ein Ekel! Er hat Sie wie Abfall behandelt!«

»Mais non!« Sie lachte.

»Mais non? Noch deutlicher konnte er Ihnen wohl nicht zeigen, dass er nicht an Ihnen interessiert ist.«

»Das ist es ja. Soll er vielleicht umfallen, weil da eine hübsche Französin im Nachthemd vor ihm steht? Er ist genau der, den ich brauche. Ein Mann mit festen Grundsätzen. Eine Frau braucht einen Mann, auf den sie sich verlassen kann. Nicht einen, der dem erstbesten Mädchen nachrennt.«

»Er hat Sie praktisch einem anderen Mann zum Geschenk gemacht.«

»Er wollte mich prüfen.«

Ich war sprachlos.

»Carlitos, von solchen Dingen kannst du noch nichts verstehen, du bist ein Kind. Aber ich schwöre dir, dass er mich jetzt anruft. Vielleicht nicht gleich morgen, aber spätestens übermorgen. Was wetten wir?«

Ich überlegte. Vielleicht hatte sie recht. Denn tatsächlich hatte ich ja in den drei Monaten, die wir uns kannten, noch nie erlebt, dass sie einem Mann gleichgültig war.

»Du wirst schon sehen«, sagte sie triumphierend. »Er wird mich anrufen und mich einladen, seine Wache zu besichtigen.«

Doch Nick Kowalski rief nicht an. Weder am nächsten noch am übernächsten Tag. Er rief die ganze Woche nicht an.

»Vielleicht ist er krank?«, sagte sie nach ein paar Tagen kleinlaut. »Carlitos, könntest du nicht auf der Wache anrufen und nach ihm fragen? Du sagst, dass es etwas Persönliches ist. Und wenn er dann ans Telefon kommt, legst du einfach auf.«

Ich nahm das Telefon im Arbeitszimmer meines Vaters, wo man an einem zweiten Hörer mithören konnte. Man stellte mir keine Fragen und holte ihn sofort. »Eine Lady«, hörte ich im Hintergrund sagen, worauf das Gelächter mehrerer Männerstimmen folgte. Dann kam er ans Telefon und meldete sich mit Nick. Mademoiselle machte mir ein Zeichen, und ich legte auf.

»Jedenfalls wissen wir jetzt, dass er nicht krank ist«, sagte sie. Doch sie sagte es in einem Ton, dass man denken musste, es wäre ihr lieber gewesen, er wäre tot. Lieber tot als uninteressiert an ihr.

»Vielleicht war's ein anderer Nick?«

»Er war's. Ich würde seine Stimme unter einer Million erkennen.«

»Und was machen wir jetzt?« Ich war es, die fragte.

»Keine Ahnung.« Sie klang, als sei sie den Tränen nah.

»Wir gehen einfach hin. Wir sagen, dass wir uns für die Feuerwehr interessieren. Dass er uns erklären soll, wie alles funktioniert.«

»Unmöglich.«

»Aber warum?«

»C'est hors de question.«

»Wie wollen Sie ihn sonst wiedersehen?«

»Keine Ahnung, aber so geht es nicht. Regel Nummer eins für jede Frau: Der erste Schritt hat immer vom Mann zu kommen.«

»Wer sagt das?«

»Mein Vater.«

»Der mit dem Nachtclub?«

»So was gibt eine ungeheure Erfahrung. Wir sind sechs Mädchen, und darum hat er sechs Regeln für uns aufgestellt. Und die Regel Nummer eins lautet: Der Mann ist der Jäger, die Frau ist das Wild.«

»Ich bin kein Wild!«

»Aber du musst so tun. Die Männer wollen das so. Die richtigen Männer. Sobald du die Sache umkehrst und sie den Eindruck bekommen, dass sie die sind, die man jagt, funktioniert es nicht mehr. Dann kriegst du vielleicht ein Männchen, sagt mein Vater, aber niemals einen Mann.«

»Aber wenn alle richtigen Männer so doof sind, lohnt es sich da überhaupt, sich so anzustrengen?«

»Das habe ich damals meinen Vater auch gefragt. Er sagte, das müsse schließlich jede Frau für sich selbst entscheiden, aber einen anderen Weg gebe es nicht. Voilà.«

An den folgenden Tagen sprachen wir kaum miteinander. Mademoiselle war wie abwesend; bei unseren gemeinsamen Mahlzeiten schlang sie ihr Essen teilnahmslos hinunter. Und auch mir ging die Sache nicht aus dem Kopf: Irgendeine Lösung musste es doch geben. Schließlich kam die Feuerwehr nicht nur, wenn es brannte, sondern auch wegen anderer Notfälle. Bei einem Rohrbruch zum Beispiel – sollten wir den Keller unter Wasser setzen? Zu grausam gegen meine Eltern, die sich noch nicht einmal von der Überschwemmung an Weihnachten erholt hatten. Ein Rohrbruch in einem der leer stehenden Nachbarhäuser? Wer sollte den entdecken? Ein Kätzchen auf einem Baumwipfel, das sich nicht mehr heruntertraute? Wie konnten wir ein Kätzchen auf einen Baum locken? Und sollten wir es dort vielleicht festbinden? Außerdem würde bei einer solchen Rettungsaktion mit Sicherheit nicht der Captain der Feuerwehr anrücken. Und nur um den ging es ja schließlich.

Wir waren beide gereizt.

»Kartoffeln werden nicht mit dem Messer geschnitten!«

»Ist aber bequemer.«

»Ist aber falsch.«

»Wie wollen Sie das wissen? Sie sind doch gar kein richtiges Kindermädchen!«

»Ach ja? Und wofür kriege ich dann mein Gehalt?«

In der Schule war ich unaufmerksam, und sogar meiner Mutter fiel auf, dass ich nachdenklicher war als gewöhnlich.

»Carlota, was ist bloß los? Wenn du ein Problem hast, sag es mir. Ich bin deine Mutter.«

»Ich habe ein Problem. Aber ich kann nicht darüber reden.«

»Ist es eine deiner Erfindungen?«

»Genau.«

»Kannst du nicht mit dieser Physiklehrerin darüber sprechen? Die hat dir doch schon so oft geholfen.«

»Das ist eine gute Idee.«

»Siehst du!« Sie küsste mich aufs Haar. »Übrigens gefallen mir deine Zöpfe von Tag zu Tag besser.«

Ich hielt mir die Zopfenden wie einen Schnurrbart unter die Nase: »Warum kommst du nicht mal zu uns rüber und spielst mit Caroline?«

Sie gab mir einen Klaps: »Freches Luder!«

Was hätte ich ihr sagen können? Das Problem war, einen amerikanischen Feuerwehrmann nach den Regeln eines französischen Nachtclubbesitzers zu becircen. Zu becircen, zu erobern, zu heiraten, mit ihm Kinder zu kriegen.

Ich schrieb einen langen Brief an meine Freundin Stanislav. Ich erzählte ihr von Weihnachten und dem Vorfall mit dem Baum. Ich beschrieb ihr haargenau meine Erfindung mit der Lupe plus Uhr und bat sie, mir ehrlich zu sagen, falls sie sie für Unsinn hielt. Die Skizze legte ich dazu. Und im Postskriptum stellte ich ihr dann noch eine Frage: »Angenommen, du hättest dich wahnsinnig in einen

Feuerwehrmann verknallt und müsstest ihn unbedingt wiedersehen. Was würdest du unternehmen? Und sag mir bitte nicht, du würdest dein Haus anzünden. Ich brauche einen ernsthaften Rat.«

Am folgenden Tag war wieder der Unterricht bei Mr. Pilgrim fällig, und wie üblich begleitete mich Mademoiselle. Wir redeten über alles, nur nicht über das, was uns am meisten interessierte. Nick Kowalski wurde mit keinem Wort erwähnt.

»Du bist deprimiert, Carlitos«, sagte Mademoiselle schließlich. Als ob ich die Einzige wäre, die deprimiert war!

»Es sind diese blöden Klavierstunden. Sie gehen mir auf den Geist.«

»Aber alle sagen, dass du so begabt bist. Deine Mutter ist der Meinung, dass du einmal eine große Pianistin wirst.«

»Lieber gehe ich auf den Strich.«

»Charlotte!«, mahnte sie milde.

»Ist aber wahr.«

»Als Pianistin kannst du reisen.«

»Reisen!« Ich tat, als müsse ich kotzen.

»Tausende von Menschen werden dir applaudieren.«

»Ja, und dafür sitze ich vorher hundert Jahre lang auf einem Klavierhocker herum. Alle Pianisten sind Schwachköpfe. Das hält doch kein vernünftiger Mensch aus, jeden Tag acht Stunden lang auf einem Stühlchen zu hocken und immer wieder dasselbe Zeug herunterzuklimpern. Und wenn er damit fertig ist, spielt er es noch mal wildfremden Leuten vor und lässt sich dafür feiern. Wenn er sein Zeug wenigstens selbst komponiert hätte! Aber auswendig Klavier spielen, das ist alles, was er kann. Und je besser er spielt, desto schwachsinniger muss er logischerweise sein. Denn desto länger hat er ja für seinen Applaus üben müssen.«

»Du bist unmöglich!« Mademoiselle lachte.

Wie lange hatte ich sie nicht mehr lachen gehört? Wir waren an dem schmiedeeisernen Pförtchen angelangt, von dem der Weg durch Mr. Pilgrims Garten zu dem hölzernen Pavillon führte, wo er, fern von den Nachbarn, seinen seltsamen Unterricht erteilte.

»Wollen Sie nicht mit reinkommen?«, bettelte ich. »Wer weiß, wie lange es noch dauert, bis unser Flügel endlich aus Lima kommt. Sie können zuhören, wie ich spiele!«

»Ein andermal, Carlitos. Jetzt muss ich nachdenken, ja?«

Nachdenken. Sie würde die M-Street entlanggehen, über die Georgetown Bridge laufen und an der gegenüberliegenden Straßenseite an der Feuerwache vorbeigehen. Eine zufällige Begegnung war wohl selbst nach den Regeln ihres Vaters erlaubt. Doch Nick Kowalski sah nicht aus wie einer, der in seinen Pausen spazieren ging – er war nicht der Typ dafür. Doch wenigstens wäre sie in seiner Nähe.

Am nächsten Tag, auf dem Weg zur M-Street, wo wir für Franca irgendein Gewürz besorgen sollten, fing ich dann damit an: »Wir brauchen ein drittes.«

»Ein drittes was?«

»Ein drittes Feuer.«

»Tu es folle!«

»Doch, ich habe nachgedacht. Wenn wir die Regel Ihres Vaters einhalten wollen, gibt es keine andere Möglichkeit.«

»Zwei Feuer müssen genügen.«

»Aber sie genügen nicht. Sie haben es doch gesehen.«

»Soll ich vielleicht ganz Georgetown abbrennen, um einen Feuerwehrmann wiederzusehen?«

»Wenn es das einzige Mittel ist!«

Sie blieb stehen und packte mich bei den Schultern: »Charlotte, ich will das nie wieder hören. Verstanden?«

Schon am übernächsten Tag, während eines Spaziergangs, den sie mir aus heiterem Himmel vorgeschlagen hatte, begannen wir uns vorsichtig über die praktischen Möglichkeiten zu unterhalten. Es war, als wäre Mademoiselle ins Leben zurückgekehrt.

»Es dürfte auf keinen Fall noch einmal in unserer Straße sein«, sagte sie.

»Warum nicht? Das Gesetz der Serie.«

»Das würden sie uns nicht abnehmen.«

»Also außerhalb von Georgetown.«

»Nein.«

»Aber wenn sie's sonst merken?«

»Außerhalb von Georgetown ist sicher eine andere Feuerwehr zuständig. Nein, es müsste schon hier sein. Aber nicht zu nah an der Olive Street.«

»In diesem Fall müsste es aber ein größeres Feuer sein.«

»Wieso?«

»Damit wir eine Ausrede zum Hinlaufen haben. Wegen einer brennenden Mülltonne rennt keiner zehn Häuserblocks weit.«

Sie nickte nachdenklich: »Da hast du recht.«

»Außerdem müsste der Lärm so groß sein, dass man ihn theoretisch auch in der Olive Street hören könnte. Wir bräuchten also schon ein größeres Objekt, bei dem sie vielleicht sogar die Hilfe zusätzlicher Löscheinheiten aus der Umgebung benötigen.«

»Und es gibt noch eine Bedingung«, sagte Mademoiselle.

»Und zwar?«

»Es müsste in Georgetown sein, ein größerer Brand, aber trotzdem völlig ungefährlich. Auf keinen Fall dürfte sich dabei irgendjemand ängstigen. Nicht einmal eine Katze, hörst du? Wenn dabei jemand zu Schaden käme, das würde ich nicht überleben!«

Eine Weile gingen wir schweigend nebeneinander her.

»Ich hab's«, sagte ich.

»Was hast du?«

»Die zündende Idee! Ich weiß jetzt, was wir anzünden.«

Und diesmal nahm ich sie bei der Hand. Wir hasteten vier Block weit die Straße hinunter und kamen keuchend an den Kanal. Da lag sie: die Georgetown Queen, ein großes, heruntergekommenes Holzschiff, bedeckt mit einer blauen Plastikplane. Wenn es uns gelänge, dieses Monstrum in Brand zu setzen, hätten wir es geschafft. Wir brauchten nicht einmal selbst anzurufen. Entlang des Chesapeake und Ohio Canal, so hieß das Gewässer, standen lauter hübsche Wohnhäuser. Unmöglich, dass man den Brand nicht augenblicklich entdeckte und die Feuerwehr alarmierte. Und wenn dann aus sämtlichen Richtungen die Löschzüge kämen und die Sirenen heulten, würden wir wie die anderen Bewohner Georgetowns zum Kanal rennen.

»Ganz ungefährlich!«, rief Mademoiselle, noch atemlos von unserem Lauf. »Auf dem Wasser! Und der Besitzer wird sogar froh sein, dass er den alten Kasten los ist. Carlitos, du bist unglaublich!«

Und jetzt wurde das Leben wirklich interessant. Dies war zwar keine Erfindung, doch mein technischer Verstand war wieder einmal gefordert. In den nächsten Tagen schlich ich immer wieder unauffällig um das Schiff. Mademoiselle hatte ich verboten mitzukommen, denn so etwas wie Anonymität konnte es in ihrer Begleitung nicht geben.

Mit meinen Schritten maß ich die Länge der Georgetown Queen: Es waren ziemlich genau zweiunddreißig Meter. Die Breite betrug maximal um die sechs Meter. Und auch wenn die Aufbauten fast völlig aus Holz waren, mussten wir nach meiner Berechnung doch mindestens zwei Kanister Benzin anschleppen, um zu erreichen, dass dieses Mammut richtig zu brennen anfing.

Benzin. Wir durften es auf keinen Fall kaufen. Eine Zwölfjährige an einer Tankstelle: »Würden Sie mir bitte zehn Liter Benzin geben, Sir?« Schon eine Stunde nach dem Brand würde ich in Handschellen bei der Polizei von Georgetown sitzen.

Was ich schließlich kaufte, war ein eineinhalb Meter langer Plastikschlauch vom Durchmesser meines Zeigefingers. Und mit dem saugte ich am Abend vor der »Tat« – während meine Eltern im Haus mit ihren Gästen beim Dinner saßen – zwei Kanister voll Benzin aus deren Autos. Einen aus der Mercedes-Limousine meines Vaters, einen aus dem mütterlichen Ford Coupé. »Wen hast du lieber, Papi oder Mami?« Nun, in diesem Fall würde sich keiner von beiden zurückgesetzt fühlen.

Mademoiselle stand schweigend an die Garagenwand gelehnt. Sie trug ihren Jeansanzug und verfolgte jede meiner Bewegungen.

»Ich kann dich da nicht hineinziehen«, sagte sie schließlich.

»Und warum nicht?«

»Du bist ein Kind.«

»Et alors?«

»Ich werde dafür bezahlt, dass ich auf dich aufpasse. Nicht, damit ich dir beibringe, wie man Schiffe anzündet.«

»Wie sollten Sie mir das beibringen? Sie wissen es ja selbst nicht.«

Der Benzinstrom aus Vaters Mercedes war abgebrochen. Das kam davon, wenn man bei solchen Sachen Konversation machte. Ich musste den Schlauch erneut vollsaugen und hatte plötzlich den Mund voller Benzin.

»Carlitos, du bist erst zwölf!«

Ich spuckte das Benzin ungerührt auf den Boden: »Das ist ja der Vorteil. Ich bin noch nicht strafmündig.«

»Sie werden sich deinen Vater vorknöpfen.«

»Der hat Immunität.«

»Der hat was?«

»Diplomatenstatus. Dem können sie nichts anhaben. Und mich schicken sie höchstens zweimal in der Woche zum Psychiater, was immer noch amüsanter wäre als die Klavierstunden bei Mr. Pilgrim.«

Da sie schwieg, sah ich zu ihr hoch: »Sie erwischen uns nicht. Ehrenwort.«

Drei Tage später, um sieben Uhr morgens, schritten wir schließlich zur Tat. Es war Sonntag und damit nach unserer Kalkulation der am besten geeignete Tag der Woche. Denn erstens war kein Personal im Haus, und zweitens standen meine Eltern sonntags nie vor Mittag auf. Zudem lag ihr Schlafzimmer ohnehin zur Gartenseite.

Der Besitzer und Vermieter unseres Hauses in der Olive Street war ein schwarzer Diplomat, dem

John F. Kennedy gleich nach seinem Amtsantritt irgendeine Botschaft übertragen hatte, in Afrika vermutlich. Offensichtlich hatte er mehrere Kinder, denn in einem der Abstellräume im Keller hatte ich eine Unmenge gebrauchter Spielsachen entdeckt. Auch ein gut erhaltener Kinderwagen war dabei, und den schleppten wir nun hoch in die Garage. Zusammen mit einer Puppe im Säuglingsformat, die allerdings schwarzer Hautfarbe war. Wir entstaubten den Kinderwagen und deponierten die beiden gefüllten Benzinkanister auf seinem Boden. Darauf legten wir den schwarzen Säugling, deckten ihn sorgfältig zu und ließen den am Kopfteil angebrachten Tüllvorhang herunter. Überall sonst würde man sich wundern, wenn eine Zöpfchen tragende Zwölfjährige weißer Hautfarbe ihren schwarzen kleinen Bruder spazieren fuhr. In Georgetown fiel so etwas keinem auf.

Natürlich wollte Mademoiselle mich begleiten. Sie hatte den Film *Lohn der Angst* gesehen und schien nun zu befürchten, meine Fracht könne mich – wie Yves Montand seine Ladung Nitroglycerin – bei der geringsten Erschütterung in die Luft jagen. Doch ich bestand darauf, diesen Ausflug allein zu machen. Es war ja, wie gesagt, Sonntag, und darum war um diese Zeit kein Mensch unterwegs, nicht einmal im Auto. Um auch nicht den geringsten Verdacht aufkommen zu lassen, neigte ich mich von Zeit zu Zeit zu meinem Brüderchen und redete mit einem liebevollen Lächeln auf es ein: »He, kleiner Schwarzer! Warum krabbelst du nicht ins Weiße Haus hinüber und spielst mit der süßen Caroline?« Falls jemand zufällig aus dem Fenster sah, würde er sich glücklich schätzen, den Tag mit einem so entzückenden Anblick zu beginnen.

Dass ich nach der Brücke abbog und den Fußweg wählte, war ebenfalls selbstverständlich. Wo sonst sollte man an einem Sonntagmorgen mit einem Säugling spazieren gehen? Inzwischen war es schon März, von Schnee und Eis keine Spur, und sogar die Sonne war herausgekommen. Ich ging gemütlich bis zu dem Gebüsch neben der Georgetown Queen, in das ich dann samt Kinderwagen einbog. Blitzschnell nahm ich die Puppe heraus, hievte die beiden Benzinkanister auf den Boden und versteckte sie unter ein paar Zweigen, die ich tags zuvor an dieser Stelle zusammengetragen hatte. Dann legte ich die Puppe zurück, deckte sie zu und fuhr den Kinderwagen wieder auf den Fußweg zurück. Dort brachte ich noch meine Kleidung in Ordnung: Falls mich doch jemand sah, würde er annehmen, die liebe Kleine habe hinter dem Gebüsch ein Geschäftchen erledigt. Darauf setzte ich meinen Spaziergang in aller Seelenruhe fort. In der Olive Street erwartete mich Mademoiselle neben der geöffneten Garagentür. Sie war blass.

Und dann kam der Sonntagabend. Die Bedingungen waren ideal, weil meine Eltern eine Einladung weit außerhalb Washingtons hatten, in einem Landhaus an irgendeinem See. Selbst wenn sie von dem Feuer erfuhren und sich Sorgen machten, würde es zwei Stunden dauern, ehe sie wieder in Georgetown wären.

Auch jetzt machte ich mich zunächst allein auf den Weg. Mademoiselle würde mir in einigem Abstand folgen und auf der Brücke auf mich warten. Diesmal hatte ich lediglich eine Umhängetasche dabei, darin das Schweizer Militärmesser meines Vaters, eine Schachtel mit Mademoiselles französischen Zündhölzern sowie zwei Pechfackeln, die ich in dem Umkleidehäuschen am Swimmingpool gefunden hatte und die wohl von irgendeinem Gartenfest übrig geblieben waren. Die Stiele hatte ich allerdings auf dreißig Zentimeter gekürzt. Und natürlich trug ich meine hohen Gummistiefel, die schwarz und in der Dunkelheit deshalb völlig unauffällig waren.

»Das Herz schlug ihr bis zum Hals.« Als ich in dem Gebüsch nach den beiden Kanistern tastete, wusste ich, was dieser abgedroschene Ausdruck bedeutete. Doch Mademoiselle und ich hatten unsere Aktion daheim so oft durchgespielt, dass ich auch mit flatternden Nerven noch in der Lage war, meine Aufgabe zu erledigen. Es war stockdunkel, und da es schon fast Mitternacht war, leuchteten in den Häusern neben dem Kanal nur noch vereinzelte Fenster. Ich nahm den ersten Kanister und tastete mich durch die Büsche bis zum Wasser. Zum Glück lag das Schiff so nah am Ufer, dass fünf Schritte in dem seichten Gewässer genügten, um es zu erreichen und draufzuklettern.

Ich nahm mein Schweizer Messer und schlitzte die blaue Plastikplane gerade so weit auf, dass ich mich mit meinem Kanister durch das Loch auf den Holzboden des Hecks hinunterlassen konnte. Und unter dem Schutz der Plane kroch ich dann wie eine mitternächtliche Putzfrau auf Knien über sämtliche Planken und verteilte die Flüssigkeit sparsam, aber systematisch. Nach vollbrachter Tat robbte ich zu meinem Einstieg zurück und erweiterte den schmalen Schlitz zu einer quadratmetergroßen Öffnung, in die ich dann vom Ufer aus meine Fackel schleudern konnte.

Ich sprang von Bord und tastete mich zum Versteck, um den zweiten Kanister zu holen, dessen Inhalt ich nun, Schritt für Schritt durch das seichte Gewässer um das Schiff herum stapfend, auf das Wasser goss. Den ersten Kanister hatte ich auf dem Schiff zurückgelassen, und als auch dieser Part erledigt war, schleuderte ich den zweiten ebenfalls aufs Deck. Dann watete ich zum Ufer zurück, zündete mit Mademoiselles Streichhölzern meine Pechfackel an und warf sie aus etwa drei Metern Entfernung genau in die Öffnung der Plane. Eigentlich hatte ich vorgehabt, mit der zweiten Fackel das Benzin auf dem Wasser zu entzünden. Doch ich erkannte sofort, dass das überflüssig war: Nach ein paar Sekunden brannte alles lichterloh.

Wie vereinbart rannte ich nun so weit von der

Brandstelle weg, dass ich mich in Sicherheit fühlte, blieb stehen und schrie aus voller Kehle »Feuer!« in die Stille dieser vornehmen Nachbarschaft. Und noch im Weiterrennen sah ich, wie auf beiden Seiten des Kanals überall Lichter angingen und Fenster aufgerissen wurden: »Feuer!« Jetzt schrien es andere.

Auf der dunklen Brücke stand Mademoiselle mit weit geöffneten Armen, sie drückte mich wortlos an ihren weichen, zitternden Körper.

Was das für ein Gefühl ist, wenn man auf ein Feuer blickt, das man selbst gelegt hat – eins von dieser Größenordnung? Nun, auch hier drängt sich wieder nur eine abgedroschene Vokabel auf: Es ist »unbeschreiblich«. Nein, ein Glücksgefühl ist es nicht. Auch kein Gefühl des Rausches. Eines der Macht? Vielleicht schon eher, doch das ist nur die eine Seite. Denn man hat diese herrliche Hölle wohl verursacht, ist nun aber außerstande, sie wieder verschwinden zu lassen. Man könnte also sagen: Es ist Macht und Ohnmacht zur selben Zeit und beides in extremer Form. Später fand ich diesen Gegensatz zuweilen in den Armen eines Mannes wieder: Ich hatte seine Leidenschaft wohl verursacht, war ihm nun aber auch meinerseits willenlos ausgeliefert. Und vielleicht nennen manche Experten darum Brandstiftung und Erotik in einem Atemzug. In den übrigen Bereichen des Lebens ist mir etwas dermaßen Gigantisches nie wieder begegnet.

Mademoiselle stand neben mir auf der Brücke, auf der sich bald immer mehr Menschen drängten. Bewundernde, entsetzte Zeugen dieser Verwüstung und wir, die Täter, direkt unter ihnen. Ob ich mich schuldig fühlte? Nie und nimmer! Eher wuchs in diesem Augenblick so etwas wie Stolz in mir, denn es war ja tatsächlich ein prächtiges Feuer.

Und dann hörte man die erste Sirene – für meine Begriffe viel zu schnell –, dann eine zweite, eine dritte. Bald klang es wie ein über ganz Georgetown verteiltes Freiluftkonzert. Und dann trafen auf der hinteren Brücke die ersten Löschzüge ein – von uns nicht so vorgesehen, doch eigentlich logisch, da sie mindestens zwanzig Meter näher an der Brandstelle lag. Und da sprangen auch die ersten Feuerwehrmänner von den Wagen.

»Komm!«, sagte Mademoiselle. Und als ich mich nicht losreißen konnte: »Wir müssen unter den Ersten sein. Er soll uns doch sehen!«

Also rannten wir, so schnell wir konnten, zur anderen Brücke. Unterdessen waren die Scheinwerfer der Löschwagen eingeschaltet worden, und ein paar Männer hatten blitzschnell eine Absperrung gegen die Schaulustigen aufgestellt. Dahinter standen nun auch wir und warteten auf den Auftritt des Nick Kowalski. Bald drängten sich die Gaffer derart dicht, dass wir Mühe hatten, unseren Platz in der ersten Reihe zu halten. Die Menschen bewunderten das Ausmaß des Feuers – das unter den grellen Lichtern der Feuerwehrwagen allerdings längst nicht mehr so eindrucksvoll war wie zuvor in der Dunkelheit – und diskutierten Details. Sobald klar wurde, dass auf dem verlassenen alten Kahn niemand in Gefahr war, begannen sie Mutmaßungen über das Tatmotiv anzustellen: Dahinter stecke bestimmt der Besitzer, der die Versicherung kassieren wolle. Da viele unter ihren Mänteln Nachthemden und Pyjamas trugen und sich zumindest vom Sehen her kannten, herrschte bald eine ausgelassene Stimmung. Man glaubte, auf einem mitternächtlichen Volksfest zu sein.

Dann zeigte sich allerdings ein Problem, das nicht einmal ich als Planer des Ganzen einkalkuliert hatte: Der Weg neben dem Kanal war zu schmal, und keines der Löschfahrzeuge konnte direkt bis zur Brandstelle fahren. Wasser gab es im Kanal mehr als genug, und auch die Gefahr einer Ausbreitung des Feuers war dadurch gebannt. Doch es dauerte eine ganze Weile, ehe es den Männern gelang, den Strahl des ersten Schlauches so auf mein Werk zu richten, dass man mit der Vernichtung des Feuers rechnen konnte.

Ich roch am Ärmel meines Wintermantels: Er stank nach Benzin.

Doch wo war Kowalski? Sosehr wir uns auch die Köpfe verrenkten, wir konnten ihn nirgends entdecken.

»Carlitos, es war alles umsonst«, sagte Mademoiselle, für meine Begriffe viel zu laut. »Er ist nicht dabei.«

»Unmöglich«, flüsterte ich zurück. »Bei einem Feuer dieser Größenordnung? Da brauchen sie doch jeden Mann.«

Ich drängelte mich zu dem Feuerwehrmann, dem die Überwachung der Absperrung oblag: »Sir, könnten Sie mir freundlicherweise sagen, wo Nick ist?«

»Nick?« Er sah sich um und deutete auf einen Schwarzen, der sich am Heck eines der Löschwagen zu schaffen machte: »Da hinten.«

»Nicht der Nick. Nick Kowalski.«

»Der Captain? Was ist heute, Sonntag? Sein freier Tag.«

Ich fiel aus allen Wolken. »Sein freier Tag? Bei so einem Feuer?«

Er grinste: »Auch Feuerwehrleute müssen mal Pause machen, Baby. Außerdem ist die Sache halb so wild.« Er deutete auf die Brandstelle, der jetzt nur noch eine üppige Rauchwolke entstieg: »Alles unter Kontrolle. Aber sag mal, die Lady da drüben, gehört die zu dir? Deine große Schwester?«

Ich ging zurück zu Mademoiselle: »Sonntag. Sein freier Tag.«

Sie nahm mich wortlos bei der Hand und wanderte wortlos mit mir zurück in die Olive Street. Dort half sie mir beim Ausziehen – meine Gummistiefel waren voller Wasser –, streifte mir meinen Pyjama über und brachte mich zu Bett. Ich war todmüde und fiel augenblicklich in Schlaf.

Mademoiselles Sprachlosigkeit setzte sich nicht nur am folgenden Tag, sondern über mehrere Wochen fort, abgesehen von den Französischlektionen, bei denen sie natürlich mit mir reden musste. Sie begleitete mich zum Zahnarzt, zu den Klavierstunden, und nachmittags, wenn ich aus der Schule kam, stand sie pünktlich an der Ecke, an der mein Bus hielt. Doch die Brandnacht erwähnten wir mit keinem Wort. Weder ihr noch mir kam es in den Sinn, nachzusehen, was von dem Schiff übrig geblieben war.

Einmal, als wir bei unserer einsamen Mahlzeit saßen, schaute ich auf und sah, dass ihr Tränen über die Wangen liefen. Sie bemerkte meinen Blick und schrie mich an: »Sag jetzt nur nicht, dass wir noch ein viertes Feuer brauchen!« Es war herzzerreißend.

Ansonsten ist mir von diesen langen Wochen nach dem dritten Feuer – denn es waren nun tatsächlich schon drei: der Weihnachtsbaum, die Müllcontainer, das Schiff – wenig in Erinnerung. Ein Abendessen bei einem ganz in der Nähe wohnenden demokratischen Abgeordneten vielleicht, zu dem ich meinen Vater, weiß der Himmel warum, begleiten musste. Vielleicht weil er einen Sohn in meinem Alter hatte, der allerdings gar nicht erst in Erscheinung trat. Wegen einer Erkältung, hieß es. Doch vielleicht hatte er, genau wie ich, von diesen Kuppeleien ganz einfach die Nase voll. Jedenfalls ging es bei dem Gespräch um John F. Kennedy und seine Haltung in der Rassenpolitik, die der Gastgeber »höchst fragwürdig« nannte. Falls der Präsident sich von diesem Martin Luther King nicht schon bald ganz eindeutig distanziere, werde ihn das in den Südstaaten Millionen Wählerstimmen kosten.

»Aber Kennedy hat doch versprochen, dass er ihnen helfen wird!«, protestierte ich.

Der Abgeordnete beugte sich lächelnd zu mir herüber: »Dass er wem helfen wird, kleine Dame?«

»Den Schwarzen.«

»Das ist schon richtig. Aber was passiert, wenn er sich damit um sein Amt bringt? Damit ist dann keinem geholfen, nicht wahr?«

Ich holte tief Luft: »Also: Nur der Präsident der Vereinigten Staaten könnte die Diskrimination der Schwarzen ...«

»Diskriminierung«, korrigierte mein Vater mich.

»Nur der könnte die beenden. Doch da es ihn die Stimmen der Weißen kosten würde, kann einer, sobald er Präsident der Vereinigten Staaten ist, schon nichts mehr für die Schwarzen tun.« Die ganze Tischrunde lachte schallend.

»Die gute, alte Carlota«, sagte mein Vater, nicht ohne Stolz.

Die mit hundert Goldreifen behängte Dame, neben die man mich gesetzt hatte, strich mir liebevoll über den Kopf: »Ist sie nicht süß? Und diese wundervollen Zöpfe! Mein Kind, in dieser Runde wirst du keinen einzigen Menschen finden, der etwas gegen gleiche Rechte für die Farbigen einzuwenden hat.«

Lauter Heuchler, das wusste ich inzwischen aus Erfahrung. Von denen, die bei uns mit Chauffeur vorfuhren – und der war immer ein Schwarzer –, brachte ihn keiner je mit ins Haus. Und nie hatte ich erlebt, dass ein Besucher dann später auf seine Armbanduhr schaute und sagte: »So, jetzt müssen wir aber gehen, damit unser lieber George da draußen nicht so lang warten muss.« Fahrer hatten zu warten, und so gut wie immer waren sie schwarz. Vermutlich konnten die meisten nicht einmal richtig lesen, denn nie sah ich einen mit einer Zeitung oder einem Buch im Auto sitzen. Wenn es mehrere waren, standen sie beieinander und versuchten sich stampfend warm zu halten. War es nur einer, so saß er in der Limousine und starrte einfach vor sich hin. Dann schlich ich mich manchmal nachts noch hinaus und plauderte ein bisschen mit ihm. Keiner hat mich je verpetzt.

»Einverstanden?«, fragte die Dame mit dem Gold.

»Ich finde ihn Spitze«, sagte ich trotzig.

»Wen findest du Spitze?«

»Martin Luther King.«

»Aber das tun wir doch alle«, beendete mein Vater nun etwas ungeduldig das Thema. Auch unser Fahrer in Washington war ein Schwarzer. Doch da wir ja ganz in der Nähe wohnten, waren wir an jenem Abend die paar Schritte zu Fuß gegangen.

Ein paar Tage später kam ein Brief von Stanislav. Stanislav! Noch an Weihnachten hatte ich geglaubt, ohne sie nicht überleben zu können, und nun war es Mai, und ich hatte sie fast vergessen.

Sie ging ausführlich auf meine Erfindung ein, die sie »gar nicht so übel« fand. Ich solle sie auf jeden Fall patentieren lassen und mich dann – aber erst dann! – mit einem Brillenfabrikanten oder noch besser mit einem Uhrenhersteller in Verbindung setzen. Das Einfachste wäre natürlich ein schlichter, nach unten offener Armreif mit einer großen, runden Lupe, so breit wie das Handgelenk einer Dame. Das ließe sich rasch abnehmen, die Dame könne es halten wie ein Lorgnon und es bei edler Verarbeitung ansonsten als Schmuckstück tragen. Allerdings wäre das dann nur eine Erfindung für Frauen, weil kein richtiger Mann je einen Armreif tragen würde. Kein richtiger Mann – der Wahn hatte also auch sie ereilt. Sie war ein Jahr älter als ich. Hatte sie sich verliebt?

Im Anhang kam sie dann doch noch auf mein Problem mit dem Feuerwehrmann zu sprechen, und was sie mir riet, war nicht schlecht: »Bitte ihn um ein Interview«, schrieb sie in ihrer selbstsicheren Erwachsenenschrift. »Kein Mann kann der Versuchung widerstehen, über sich selbst zu sprechen. Sag ihm, dass du's für die Schule brauchst. Aufsatzthema: Mein Held.«

Ich zeigte den letzten Teil des Briefes Mademoiselle, die ihn mir empört zurückreichte: »C'est absolument ridicule. Ich muss ihn treffen, nicht du!«

»Dann kommen Sie doch mit! Wir sagen, meine Eltern hätten mir verboten, ohne Begleitung auf eine Feuerwache zu gehen.«

»Impossible.«

»Aber warum?«

»Nur falls er es wäre, der es verlangt.«

»Und wenn er es nicht tut?«

Sie sah mich an. Zum ersten Mal seit vielen Wochen lag wieder ein Hoffnungsschimmer in ihren Augen: »Dann gehst du allein. Aber wir werden genau besprechen, worüber du ihn befragen sollst. Tu as compris?«

Manchmal hat man Glück. Denn schon am nächsten Tag sagte unsere Englischlehrerin, Mrs. Cook, dass wir über die Sommerferien einen Aufsatz zu schreiben hätten, und bat wegen des Themas um Vorschläge der Klasse. Sie hatte noch nicht ausgeredet, als ich mich schon meldete. »Mein Held«, sagte ich.

Ihr Lächeln war mehr als herablassend: »Offenbar hast du einen Helden gefunden?«

»Ihren Papi!«, prustete der picklige Ken Fulder lachend hinter mir, und alle Übrigen stimmten wiehernd ein.

»Als Thema ist es nicht übel«, meinte nun zu meiner Überraschung Mrs. Cook. »Irgendwelche Vorschläge?«

»Ich würde über die Feuerwehr schreiben«, erklärte ich, bevor irgendein anderer das Sujet an sich riss. Und um mich auch gleich als Sachverständige zu etablieren: »Bei uns hat Weihnachten der Christbaum gebrannt.«

»Na schön, die Feuerwehr geht an Carlota Linares. Und was ist mit euch anderen?«

Nun kam der schwierigere Schritt. Denn natürlich musste ich Nick Kowalski zuerst fragen, ob er mir überhaupt ein Interview geben wollte. Und darum rief ich ihn gleich nach der Schule an.

»Hier ist Carlota. Die aus der Olive Street, wo an Weihnachten der Baum gebrannt hat.«

Er erinnerte sich sofort: »Wo brennt's denn diesmal?«

»Nirgends«, kicherte ich wie eine Blöde. »Aber ich wollte Sie fragen ... Ich möchte Sie fragen, ob Sie mir ein Interview geben würden. Es ist für die Schule. Ich möchte ein Porträt von Ihnen schreiben.«

»Thema: Mein Held.«

»Woher wissen Sie das?«

Anstatt einer Antwort kam ein Lachen: »Dann komm nur rüber. Du weißt, wo wir sind?«

»M-Street und Dreiundzwanzigste. Und wann?«

»Komm am Freitag. Siebzehn Uhr.«

»Danke. Herzlichen Dank! ... Mr. Kowalski?«

»Was gibt's noch?«

»Könnte ich mit Mademoiselle kommen?«

»Ein Interview mit Babysitter? Ich dachte, so was sei eine Sache unter Erwachsenen?«

»Geht in Ordnung.«

»Bis Freitag dann. Aber nur, wenn's nicht brennt.« Er sagte das, ohne zu lachen. Und da fiel mir zum ersten Mal auf, wie ungewöhnlich sein Beruf tatsächlich war.

Ich lief sofort zu Mademoiselle in die Souterrainwohnung. Sie hörte wieder ihre französischen Platten – so laut, dass ich mehrmals klingeln musste.

»Freitag um fünf!«, rief ich triumphierend. Und als sie mich verständnislos ansah: »Das Interview mit Kowalski!«

»Du hast ihn angerufen?«

»Hab' ich.«

»Einfach so?«

Sie fragte es dermaßen fassungslos, dass ich lachen musste: »Er ist nur ein Feuerwehrmann, nicht der liebe Gott.«

Doch da sie ihn liebte, war er natürlich genau der für sie. »Liebe ist die Religion mit der kleinsten Gemeinde«, formulierte ich viel später in einer Diskussionsrunde, als es wieder einmal um eine Definition für diese seltsame Sache ging – denn im Gegensatz zu den landläufigen Religionen befänden sich hier der Gott und sein Anbeter im Verhältnis eins zu eins. Nur sollte sich ausgerechnet bei meinem Interview herausstellen, dass dieser in meinen Augen so wenig attraktive Gott Nick Kowalski von zwei Damen angebetet wurde.

Am folgenden Freitag stand ich um Punkt siebzehn Uhr mit Mademoiselle vor der Feuerwache in der M-Street. Ich war ziemlich durcheinander: Wir hatten tagelang Listen mit Fragen aufgestellt, die einen verworfen, die anderen umformuliert, neue hinzugefügt. Einerseits musste es aussehen, als sei ich tatsächlich wegen seiner Arbeit gekommen, andererseits musste aber auch alles versucht werden, damit aus diesem Treffen irgendein privater Kontakt entstand: eine Gelegenheit, ihn zu sehen, ohne dass man zuerst etwas abfackeln musste. Ich sollte also seine Hobbys auskundschaften, die Restaurants, in denen er verkehrte, seinen Musikgeschmack, ob er gern Filme sah und wenn ja, was für welche und in welchem Kino. Wenn ich ihn alles fragen würde, was wir uns ausgedacht hatten, würde dieses Interview drei Tage dauern.

»Also dann?« Mademoiselle sah mich an, als würde ich mich für eine Nordpolexpedition von ihr trennen.

»Warum kommen Sie nicht einfach mit rein?«

»Geht nicht, Carlitos.« Sie gab mir ihre zwei französischen Küsschen: »Aber falls er nach mir fragt, kannst du ihm ruhig sagen, dass ich im Café an der Ecke auf dich warte. Du könntest ihm vorschlagen, das Interview dort zu machen. Natürlich weißt du nicht, ob mich das alles überhaupt interessiert.«

Ich sagte ihr nicht, dass ich ihm bereits einen entsprechenden Vorschlag unterbreitet hatte.

Nick Kowalski. Er hätte nicht liebenswürdiger sein können und zeigte mir die erst kürzlich eingeweihte Feuerwache mit einer Geduld, als gäbe es auf der ganzen Welt nichts Wichtigeres für ihn zu tun. Er erklärte mir, warum die dicken Schläuche nebeneinander von der Decke hingen und nicht aufgerollt waren: weil sie nach jedem Gebrauch gewaschen und getrocknet werden mussten. Er sagte mir, wie viele Einsätze sie auf dieser Wache durchschnittlich fuhren, wobei er zwischen guten und schlechten Wochen unterschied. Und logischerweise war eine gute Woche eine, in der es viel zu löschen gab. Er ließ mich raten, wie oft im Jahr in einer Stadt wie New York ein Gebäude brennt.

»Tausendmal? ... Fünftausendmal?«

»Fünfzigtausendmal, Mädchen. Kein Feuerwehrmann käme auf die Idee, in einen Wolkenkratzer zu ziehen.«

»Wo wohnen Sie denn?«

»Foggy Bottom, dritter Stock, Dachterrasse, Feuerleiter«, lachte er. Sein Lachen war das einzig Tolle an ihm, weil sich dabei seine Augen zu schmalen Schlitzen verengten, während sich die Enden seiner Augenbrauen wie bei einem Teufel nach oben schoben. Irgendwie kriegte man Lust, ihn immer wieder lachen zu sehen.

Sogar den Mannschaftsraum im ersten Stock zeigte er mir, und er ließ mich auch die blitzende Metallstange hinunter rutschen, die von dort zu den Einsatzwagen führte, damit bei einem Alarm keine kostbare Zeit auf den Treppen verloren ging. Und an diesen Einsatzwagen – es waren dieselben, die am Weihnachtsabend zu uns in die Olive Street gekommen waren und dann noch mal zu den brennenden Containern – erklärte er mir jedes Detail. Vor allem der Wagen mit der ausfahrbaren Leiter war eindrucksvoll; man kam damit bis zum fünften Stockwerk eines Hauses. Als Vierjährige hatte ich ein ganz ähnliches Modell im Spielzeugformat besessen.

»Genug?«, fragte er schließlich.

Natürlich hätte ich gerade zu diesen technischen Sachen noch ein paar hundert Fragen gehabt, doch ich entsann mich meiner Mission: »Ein paar persönliche Fragen hätte ich noch. Mrs. Cook meint, dass das bei so einem Porträt unbedingt dazugehört.«

»Na dann komm. Ich lad' dich zu einer Cola ein.«

Wir gingen in den Aufenthaltsraum neben dem Depot, den sie den DFD-Club nannten. So stand es jedenfalls über der Tür. DFD, das Kürzel für District Fire Department, stand auch auf den blauen T-Shirts, die sie hier alle trugen. In dem kleinen Raum saßen vier Männer und spielten Karten. Einer von ihnen war der Blonde, der mich hocherfreut begrüßte.

»Wo ist denn dein schönes Kindermädchen heute?«

»Mademoiselle wartet in dem Café an der Ecke.«

»Sie könnte doch bequemer hier im Club warten.« Er wandte sich an Kowalski: »Soll ich sie rüberholen, Chef?«

»Kommt nicht in Frage. Das ist ein ernsthaftes Interview, stimmt's?« Er stellte mir die Cola hin, die er für mich aus dem Automaten gezogen hatte: »Dann mal los.«

Ich sah auf meine Liste: »Mögen Sie Musik?«

»Ludwig van Beethoven«, sagte einer der Kartenspieler und spreizte graziös seinen kleinen Finger.

»Du musst ihn nach seinem Lieblingsinstrument fragen«, meinte sein Nachbar.

»Welches ist denn Ihr Lieblingsinstrument?«

»Die Feuerwehrsirene!«, grölte der andere unter dem Beifall seiner Kollegen.

»Schluss jetzt«, sagte Kowalski.

»Ich mag französische Chansons«, log ich. »Edith Piaf und so weiter. Und Sie?«

»Sagen wir Country. Okay?«

Ich notierte es. »Mögen Sie Kino?«

»Kommt drauf an. Ich mag Western.«

»Was tun Sie in Ihrer Freizeit?«

Jetzt war's der Blonde, der sprach: »In seiner Freizeit liegt unser Captain am liebsten mit seiner Liebsten herum.« Alle lachten.

Mir hatte der Atem gestockt: »Sie haben eine Braut?«

Verdammt! Wie war ich nur auf dieses lächerliche Wort gekommen? Prinzen haben Bräute und auch die nur noch in den Kinderbüchern, die sie mir früher zum Einschlafen vorgelesen hatten.

»Luisita Martinez«, raunte der Blonde mit Verschwörermiene.

»Der Friseursalon in der Neunundzwanzigsten Straße. Die musst du über ihn ausfragen!«

»In meiner Freizeit züchte ich Tauben«, sagte Kowalski ungerührt. »Brieftauben.«

»Brieftauben?«

»Schon mein Vater war Feuerwehrmann und hat ebenfalls Brieftauben gezüchtet. Er lebt in Polen. Schreib auf: Polnischer Vater, polnische Mutter.«

»Mexikanische Braut«, ergänzte der Blonde.

Kowalski warf ihm einen genervten Blick zu: »Ich bin erst mit vierzehn nach Amerika gekommen. Weiter.« Doch in diesem Augenblick schrillte die Alarmglocke, und alle sprangen auf.

Auch Nick Kowalski war aufgestanden: »Tut mir leid, Mädchen, aber so ist dieses Geschäft nun mal. Falls du noch was wissen musst, rufst du mich einfach an. Okay?«

Ich folgte ihnen hinaus. Zwei Männer rutschten mit atemberaubender Geschwindigkeit die Messingstange hinunter, die anderen hatten bereits Stiefel und Jacken an, nahmen ihre Helme und stürzten zu ihren Plätzen in den Einsatzwagen, die im nächsten Augenblick durch die unterdessen weit geöffneten Tore auf die N-Street hinausfuhren. Kowalski saß wieder im vorderen Wagen, dem mit dem Wasser, und winkte zu mir herüber.

Ich winkte zurück: »Und vielen Dank!«, schrie ich. Doch im gleichen Augenblick erscholl bereits die Sirene.

Ich ging schleppenden Schrittes in das Café, wo Mademoiselle aufsprang, als sie mich hereinkommen sah: »Du siehst aus, als ob du schlechte Nachrichten hättest.«

Ich setzte mich zu ihr an den Tisch: »Er züchtet Tauben.«

Sie lachte erleichtert: »Das ist alles?«

»Schon sein Vater hat Tauben gezüchtet. Seine Familie ist polnisch.«

»Ein Pole!«, strahlte Mademoiselle. »Das erklärt natürlich auch den Akzent.« Ich muss wirklich deprimiert ausgesehen haben, denn sie zog mich belustigt an den Zöpfen: »Aber Carlitos, was ist denn? Ich glaube, du bist ein Snob. Die Taubenzucht ist ein typisches Unterschichtsvergnügen, und alle Feuerwehrleute kommen aus der Unterschicht. Überall, wo es gefährlich wird – Polizei, Feuerwehr, Berufssoldaten –, sind es die armen Männer, die für uns ihr Leben riskieren.«

»Er hat eine Braut.«

Ich weiß nicht, warum sie nicht wenigstens ein bisschen damit gerechnet hatte. Wenn er ihr tatsächlich so sehr gefiel, war es doch mehr als wahrscheinlich, dass es auch anderen Frauen so ging.

»Erinnere dich genau, Charlotte: War es dieses Wort, das er gebraucht hat? Hat er nicht vielleicht von einer Freundin gesprochen? Irgendein Flittchen, mit dem er hie und da ins Bett geht?«

»Er hat überhaupt nicht davon geredet. Der Blonde war's, der mit den langen Haaren. Ich glaube, ihm war's eher peinlich. Darum hat er ja von den Brieftauben angefangen.«

»Wer ist sie? Wo wohnt sie? Hast du das rausgekriegt?«

»Sie heißt Luisita und arbeitet in einem Friseursalon in der Neunundzwanzigsten Straße.«

»Eine Friseuse«, sagte sie angeekelt. »Warum nicht gleich eine Kellnerin?«

Die Pointe war nicht gerade nett, doch ich konnte sie mir nicht verkneifen: »Vielleicht ist das ein typisches Unterschichtsvergnügen?«

Aber Mademoiselle nahm sie gar nicht wahr. »Morgen lasse ich mir die Haare schneiden!«

Es kostete mich einiges, sie davon zu überzeugen, dass ich mir die Haare schneiden lassen würde: Ich hätte die Zöpfe ohnehin satt, in der Schule würden sie ständig an mir herumziehen, und dann käme jetzt der Sommer, und da würde ich ohnehin den ganzen Tag im Swimmingpool sein. Und außerdem sei ich ein Kind. Bei ihr würden kurze Haare die Chancen bei den Männern statistisch verringern, da jeder Mann bei einer Frau lange Haare liebe, jedoch nur jeder fünfte auch mit einer Kurzhaarigen zufrieden sei. Diese Statistik hatte ich aus dem Stegreif erfunden.

»Aber ich habe die Haare schon mal kurz getragen«, wunderte sich Mademoiselle. »Es machte überhaupt keinen Unterschied.«

Bei ihr nicht, das war mir klar. Trotzdem wollte

ich eine so dramatische Veränderung gerade zum jetzigen Zeitpunkt nicht riskieren. Ich war fast sicher, dass so ein Typ wie dieser Kowalski auf Frauen mit langen Haaren stand.

Obwohl es spät geworden war und der Friseursalon bestimmt schon geschlossen hatte, gingen wir auf dem Rückweg noch die ganze Neunundzwanzigsten Straße entlang. Wir fanden den Laden ganz unten beim Whitehurst Freeway, wo Georgetown längst nicht mehr reich und vornehm war: Autolärm ist nichts für die mit den teuren Wagen. Wir starrten durch die Scheibe des kleinen Schaufensters: ein winziger Raum in einem winzigen Backsteinhaus, in dem die Dame vermutlich auch wohnte, denn im Obergeschoss hingen Gardinen, wie ich sie noch aus unserer Zeit in Mexiko kannte. Der Salon hieß zwar »Die Maharani«, doch da dies der einzige Friseur in der Neunundzwanzigsten Straße war und »Luisita Martinez« als Inhaberin an der Tür stand, wussten wir, dass wir hier richtig waren.

In der Auslage hing ein handgeschriebenes Plakat: »Tarot – Wir lesen Ihre Zukunft aus den Karten«, las Mademoiselle vor. In ihre Stimme war eine Spur von Hoffnung gekommen: »Carlitos, kannst du dir vorstellen, dass er in eine verliebt ist, die ihm das Tarot liest?«

»Ich weiß nicht mal, was das ist.« Wir waren auf die andere Straßenseite gegangen und betrachteten das etwas komisch aussehende Häuschen von Kowalskis mexikanischer Friseuse.

»Ein Kartenspiel. Woher es stammt, weiß man nicht. Ganz hilfreich, um Hausfrauen und Sekretärinnen das Geld aus der Tasche zu locken: ›Meine liebe Freundin, die Sonne brennt dem Herrscher, da steht Ihnen ein großes Glück ins Haus!‹ … Komm jetzt, wir müssen heim. Aber ich sage dir: Wer so ein Plakat in seine Auslage hängt, kann nur eine eiskalte Betrügerin sein. So eine ist zu allem fähig. Die würde ihm zum Beispiel jederzeit ein Kind andrehen, nur damit er sie heiraten muss.« Sie blieb stehen: »Carlitos, vielleicht ist sie ja schwanger? Vielleicht nennt er sie deswegen seine Braut?«

»Aber das war doch der Blonde.«

Eine Weile gingen wir schweigend in Richtung Olive Street.

»Vielleicht glaubt er ja selbst dran?«, sagte ich.

»Woran?«

»An dieses Tarot.«

»Nicht Nick Kowalski.« Ihr Ton ließ keinen Zweifel zu.

»Wie wollen Sie das wissen?«

»Er ist ein Mann.«

Am folgenden Nachmittag, gleich nach der Schule, gingen wir zu Luisitas Friseursalon. Es war tatsächlich ein sehr kleiner Raum, in dem nur ein einziger und dazu ziemlich schäbiger Frisierstuhl stand. Außer uns war keine Kundschaft da, und außer der Besitzerin schien es kein weiteres Personal zu geben. Diese kam nun auf uns zu und starrte, wie die meisten Menschen, zunächst einmal auf Mademoiselle, die die Haare offen trug: »Nein«, sagte sie.

»Was nein?« Mademoiselle lachte nervös.

»Sie sagten am Telefon, Sie wollten einen Haarschnitt, aber dieses Haar schneide ich Ihnen nicht ab.«

Mademoiselle zeigte auf mich: »Sie ist die Kundin. Ich bin nur das Kindermädchen.«

»Da plumpst mir ein Stein vom Herzen«, sagte Luisita. Doch dann schien ihr einzufallen, dass ich vielleicht gekränkt sein könnte: »Obwohl es natürlich auch um diese herrlichen Zöpfe schade ist.« Sie geleitete mich zu dem Stuhl, bedeutete mir, mich zu setzen, und pumpte ihn mit einem Fußpedal auf Kinderhöhe.

»Die haben sogar Mr. Kennedy gefallen«, sagte Mademoiselle. Sie hatte sich in einem uralten Korbsessel niedergelassen und saß damit praktisch im Schaufenster. Du lieber Himmel, wie durcheinander musste sie sein, um solchen Schwachsinn zu reden!

Luisita legte mir einen rosafarbenen Umhang um den Hals, darüber ein fleckiges Handtuch: »Welchem Mr. Kennedy? Sie meinen doch nicht etwa den Präsidenten?«

»Er hat sie auf einem Weihnachtsfest für Kinder darauf angesprochen.«

Luisita war gebührend beeindruckt oder tat wenigstens so: »Ist das wahr?« Und als ich nickte: »Und da willst du sie trotzdem abschneiden?«

»Zu viel Arbeit.«

»Und jetzt, wo der Sommer vor der Tür steht, nicht wahr?« Sie hielt meine Zöpfe im Nacken zusammen und betrachtete mich im Spiegel: »Ja, ich bin sicher, dass dir kurze Haare sogar noch besser stehen werden!«

Luisita Martinez war um die vierzig, mittelgroß, schlank und trug etwas Weißes, das an Indien erinnerte. Das Schöne an ihr waren ihr dunkler Mischlingsteint und die sehr großen, fast schwarzen Augen, die aussahen wie lackiert. Das weniger Schöne war eine dauergewellte, überstrapazierte schwarze Haarpracht, die wirkte, als habe sie aus Mangel an Kundschaft ständig an sich selbst herumgedoktert. Doch nicht das war es, was sie schließlich trotz eindeutiger Vorzüge ein wenig billig erscheinen ließ. Es kam vom Ausdruck des dünnlippigen Mundes, dem fast permanenten Lächeln, das in eindeutigem Widerspruch zu ihrer harten, kleinen Stimme stand. Irgendwie musste man bei ihrem Anblick an ein schäbiges Hündchen denken.

»Und wie kurz wünscht es die junge Dame?«

Ich deutete es mit Daumen und Zeigefinger an.

»So kurz?«

Ich konnte Mademoiselle im Spiegel sehen. Sie hatte sich scheinbar gelangweilt eine Zeitschrift genommen, doch jetzt blickte sie auf: »Charlotte, est-ce que tu es certaine?« Das Französisch war sicherlich kein Zufall: Die Mexikanerin sollte nicht auf die Idee kommen, dass man mit mir auch Spanisch sprechen konnte.

»Absolument«, sagte ich.

Mademoiselle wandte sich herablassend an ihre Rivalin: »Na schön, schneiden Sie!«

Die langmähnige Luisita nahm eine große Schere und trennte mir ohne das geringste Zögern meine hellblonden Zöpfe auf Ohrenhöhe ab, jeden mit einem einzigen Schnitt: »So, das wäre geschafft!« Die amputierten Zöpfe legte sie mir in den Schoß. Wie eine Katze, die ihrer Herrschaft zwei getötete Mäuse zuträgt, dachte ich. Albinomäuse. Einen Augenblick erinnerte ich mich an Stanislav und mein Versprechen. Und wenn schon, hier ging es um wichtigere Dinge!

Luisita bedeutete mir, den Kopf über das Waschbecken zu beugen.

»Haare waschen?«, protestierte ich.

»Du möchtest doch einen guten Schnitt? Für einen guten Schnitt muss das Haar nass sein.«

Und während sie mir nun den Kopf wusch, startete ich wie vereinbart mit der Ausfragerei. Ich war froh, dass ich ihr dabei nicht in die Augen sehen musste. Ihre spitzen Fingernägel auf meiner Kopfhaut betrachtete ich als gerechte Strafe.

»Das mit dem Tarot, machen Sie das selbst?«

Sie lachte: »Traust du mir wohl nicht zu?«

»Ich weiß gar nicht, was das ist.«

Offenbar war ihr das Thema hochwillkommen: »Tarot. Du lieber Himmel, wie soll man das einem Kind erklären? Zunächst einmal sind das Spielkarten mit den herrlichsten Malereien. Aus Indien natürlich, dem Land der Mythen und Wunder. Aber dann ist es auch etwas absolut Einmaliges. Etwas Heiliges, könnte man sagen. Wer sich einmal darauf einlässt, behauptet später, es gebe zwei Leben: eins vor dem Tarot und eins danach.«

»Lässt sich damit die Zukunft vorhersagen?«

»Kommt drauf an, wer's macht. Wie überall gibt es auch hier Meister und Scharlatane. Doch bei einem guten Tarotleser kannst du alles über dich erfahren.«

»Auch die Zukunft?«

»Erst letzte Woche hatte ich eine Kundin hier, bei der die Karten ganz eindeutig eine Veränderung im finanziellen Bereich anzeigten. Ich sagte ihr: ›Bereiten Sie sich auf eine gute Nachricht vor, Louise.‹ Zwei Tage später ruft sie mich an: Ihr Mann hatte eine riesige Gehaltserhöhung bekommen!«

Sie bog meinen Kopf zurück, nahm das Handtuch und begann damit mein Haar zu frottieren – was davon übrig war. Ich sah im Spiegel zu Mademoiselle hinüber, die nonchalant in ihrer Zeitschrift blätterte: »Könnten Sie Mademoiselle die Zukunft voraussagen?«

Luisita betrachtete sie wohlwollend in unserem gemeinsamen Spiegel: »Ach weißt du, so wie deine Mademoiselle aussieht, geht ihr ohnehin jeder Wunsch in Erfüllung.«

Die lachte auf. Ich hatte den Eindruck, dass ihr Lachen ein wenig hysterisch klang. Vielleicht war es auch die Enttäuschung darüber, dass diese Luisita etwas so Nettes gesagt hatte. Eine liebenswerte Konkurrentin war wohl das Letzte, was sie sich wünschte.

Die hatte nun mit dem Schnitt begonnen. Sie nahm Strähne für Strähne von meinem Resthaar zwischen Zeige- und Mittelfinger der linken Hand und schnippelte mit der rechten in haarsträubender Geschwindigkeit daran herum. Auch wenn es für die Schere gar nichts zu tun gab, ließ sie sie auf- und zuschnappen. Wahrscheinlich hielt sie das für professionell.

Doch ich war ja nicht hier, um ihre handwerklichen Fähigkeiten zu überprüfen. »Glauben Sie an Wunder?«

»Glaubst du denn dran?«

»Nein.«

»Dann wirst du auch keins erleben. Es gibt keine Wunder für den, der sich nicht wundern kann.«

»Glauben Sie, dass jeder Mensch von einer Aura umgeben ist?«

»Ich kann bei jedem die Aura sehen. Gleich im allerersten Moment.«

»Wie sieht denn meine aus?«

»Das könnte ich dir ganz genau sagen.«

»Warum sagen Sie mir's dann nicht?«

»Weil das ein ganz besonderes Thema ist. Davon redet man nicht beim Haareschneiden.«

»Gerade dann!«, sagte ich. »Haben Sie denn nicht Angst, meine Aura zu verletzen?«

Sie lachte auf: »Ich denke, das könnte nur dir selbst gelingen.«

»Wie denn? Durch eine miese Tat?«

»Zum Beispiel.«

Mir war klar, dass sie mich beschwindelt hatte: Falls ich eine Aura hatte, wäre die jetzt so schwarz wie meine Seele, und Luisita würde mir ihre Schere in den Rücken rammen.

»Du bist ja auf einmal so schweigsam? Keine Fragen mehr?«

Du lieber Himmel, wir hatten doch eine ganze Liste gemacht! Ich sah im Spiegel hilfesuchend zu Mademoiselle, die nun wie zufällig eine Hand über ihren Körper gleiten ließ.

»Und was ist mit dem Astralleib? Glauben Sie an den auch?«

»Warum sollte ich nicht an den Astralleib glauben?«, fragte Luisita amüsiert.

»Glauben Sie, dass man mit den Toten reden kann?«

»Aber selbstverständlich.«

»Können Sie mit den Toten reden?«, fragte ich ernst.

»Ich habe es noch nicht versucht. Aber ich kenne mehrere Personen, denen es gelungen ist.«

»Und wenn die sich nur wichtig machen wollten?«

»Es handelt sich um Menschen, denen ich blind vertraue«, antwortete sie.

»Glauben Sie, dass Jesus Christus zum Himmel

aufgefahren ist und jetzt zur Rechten seines Vaters sitzt?«

Doch nun griff Mademoiselle ein: »Charlotte!«

Ich vergaß immer wieder, dass sie Katholikin war. Die einzige Gottlose in diesem Trio war offenbar meine Wenigkeit. Ein Erbe meiner Mutter, die jede Art von Religiosität als Mangel an Bescheidenheit definierte: Der Fromme könne einfach nicht glauben, dass etwas so Wundervolles wie er selbst eines Tages spurlos verschwinden solle. Und darum glaube er eben all den Blödsinn. Und wenn ihm einer erzählte, er könne mit den Toten reden, glaube er auch das – denn es bedeute ja, dass es nach dem Sterben weitergehe! So weit meine Mutter. Die ideale Diplomatengattin, bemerkte mein Vater zuweilen. Lachen konnte er darüber erst viele Jahre später, als sie längst geschieden waren. Seine nächste Frau sprach nie über Religion.

Doch die esoterische Luisita hatte ohnehin alles missverstanden: »Lassen Sie nur«, sagte sie beschwichtigend zu Mademoiselle. Und zu mir: »Nein, das mit der Himmelfahrt glaube ich nicht.«

»Aber dafür gibt es eine Menge hochrespektabler Zeugen.«

Sie lächelte nachsichtig auf mich herab: »Ach, weißt du, das mit dem Glauben ist eine sehr persönliche Sache. Ich finde, jeder muss selbst entscheiden, woran er glauben will.« Damals wusste ich es noch nicht: Wenn man einem religiösen Menschen mit Argumenten kommt, hat man hinterher immer ein schlechtes Gewissen. Denn sobald man ihn in die Enge treibt, entdeckt er seine Toleranz und somit eine weitere Eigenschaft, die ihn uns anderen überlegen macht. Danach dreht er sich um und beginnt beim Nächsten zu missionieren. Denn seine Wahrheit kann ja erst wirklich wahr sein, wenn jeder daran glaubt.

Auch die esoterische Luisita drehte sich jetzt um. Aber es war nur, um in ihrem Handwerkszeug nach einer etwas kleineren Schere zu suchen, da die Mission der großen offenbar erledigt war. Mademoiselle machte mir im Spiegel ein Zeichen. Und erst jetzt entdeckte ich das Foto, das zu meiner Linken neben einem verstaubten Gummibaum hing: Nick Kowalski, kein Zweifel.

Ich deutete auf das Bild: »Ist das Ihr Mann?«

Sie lachte: »Na ja, so was Ähnliches.«

»Was ist das für eine Uniform?«

»Er ist bei der Feuerwehr.«

»Bei der Feuerwehr?«, wiederholte ich beeindruckt.

»Er ist Captain.«

»Da sehen Sie ihn wohl nicht so oft?«

»Nicht unter der Woche, da sind wir beide zu sehr im Stress. Aber das Wochenende verbringen wir eigentlich immer gemeinsam. Samstagnachmittag geht er zum Fußball, aber da gehe ich nie mit ...«

»Mögen Sie keinen Fußball?«

Sie verdrehte die Augen zum Himmel: »Europäischer Fußball!«

»Und danach?«

»Danach holt er mich hier ab, und wir bleiben bis Montagmorgen beisammen.«

»Und was tut ihr da?«

»Du willst wohl alles wissen?« Sie wandte sich mit gespielter Verzweiflung zu Mademoiselle, die nun aber wieder bei ihrer Zeitschrift war: »Er heißt Nick und züchtet Tauben. Brieftauben. Das macht eine Menge Arbeit. Und dabei helfe ich ihm.« Sie war mit dem Schneiden fertig und prüfte kritisch, ob beide Seiten in der Länge übereinstimmten: »Was bist du eigentlich für ein Sternzeichen?«

»Jungfrau!«

»Dann ist mir alles klar ... So, jetzt stimmt's.«

Ich hätte am liebsten laut gelacht. Was sie nicht wissen konnte, wusste sie ganz genau, und von dem, was direkt vor ihrer Nase war, hatte sie keine Ahnung. Denn nach meiner Meinung waren die beiden Haarseiten ganz und gar nicht gleich lang. Aber das war mir jetzt egal.

Sie nebelte mich mit einer riesigen Menge Haarspray ein, das sich klebrig auf meine verbliebenen Fransen legte. Das war es wohl, womit sie in ihren Mußestunden ihre eigene Frisur ruinierte. Dann holte sie Haartrockner und Bürste und begann meinen neuen Look zu kreieren. Welch ein Glück, dass ich ihr Mademoiselle nicht ausgeliefert habe, dachte ich. Eine Friseuse wie die würde wahrscheinlich jeden Kunden entstellen.

»Du sagst ja auf einmal gar nichts mehr?«

»Ich denke nach.«

»Und darf man fragen worüber?«

»Warum Ihr Friseursalon ›Die Maharani‹ heißt.«

»Weil ich aus Indien komme.«

»Ich dachte, Sie sind Mexikanerin?«

»Dem Taufschein nach schon. Doch auch wenn es die wenigsten Menschen erkennen: Wir alle haben Wurzeln in einer anderen Welt, die unsere eigentliche Heimat ist. Und bei mir ist das eben Indien.«

»Aber Sie sehen auch aus wie eine Mexikanerin.«

»Nicht für Menschen, die mit dem inneren Auge sehen. Ich war eine Maharani, mein Kind.«

»Wann? In einem früheren Leben?«

»Das ist gar nicht so lange her. Geh zwei Generationen zurück, und du hast mich gefunden.«

»In Indien? Als Maharani?«

»Jawohl.«

Wie ich bereits erwähnte, blickten Mademoiselles Augen immer ein wenig überrascht. Doch als sich jetzt im Spiegel unsere Blicke kreuzten, bemerkte ich, dass ihr vor lauter Staunen der Mund offen stand.

Später, als wir auf der Straße standen, füllten sich ihre Augen mit Tränen: »Carlitos, du siehst entsetzlich aus!«

Ich strich über meine neue Frisur. Zwei Jahrzehnte später sollten die Punks genau diese Haartracht in Mode bringen, aber damals war ich ein Pionier. »Ach was«, sagte ich heroisch.

»Aber sie hat dich verstümmelt!«

»Ist doch viel bequemer so.«

»Es ist unfassbar: Nicht mal Haare schneiden kann diese Frau!«

Ich gab mich lakonisch: »Dafür versteht sie was vom Kartenlegen.«

Wir setzten uns in Bewegung.

»Sag ehrlich, Carlitos: Wie findest du sie?«

»Wirklich dämlich.«

»Du findest, dass sie dumm ist?«

»Die müsste ungefähr hundert Bücher lesen, um den Intelligenzquotienten eines Schimpansen zu erreichen.«

»Du sagst das doch nicht nur, um mich zu trösten?«

»Sie haben doch zugehört.«

»Nun, jeder hat seinen Glauben, nicht wahr?«

»Ich nicht.«

Wir gingen in Richtung M-Street. Dass es regnete, kam mir gerade recht, gab es mir doch einen Anlass, die Kapuze meines Regenmantels überzustülpen. Mademoiselle ließ sich einfach nass regnen.

»Wollen Sie nicht Ihren Schirm aufspannen?«

Sie schien mich nicht zu hören: »Sie hat schöne Augen.«

»Mich erinnern sie an ein Paar fette Kakerlaken.«

Sie lachte. »Du hast vielleicht Vergleiche!«

Wir waren an der M-Street angekommen und bogen nach links.

»Aber eine gute Figur hat sie schon«, meinte Mademoiselle.

»Ein bisschen hager.«

»Nein, das ist es nicht.« Sie dachte nach: »Weißt du, wie mein Vater diese Art Frauen nennt? Des tissus Kleenex.«

»Kleenex-Tücher?«

»Man benutzt sie und wirft sie weg.«

Der Vergleich war so brutal, dass ich unwillkürlich die Partei der esoterischen Luisita ergriff: »Ich finde, dass sie einen guten Busen hat.«

»Du meinst, ihr Busen sei besser als meiner?«

Ihre Stimme klang dermaßen gequält, dass ich augenblicklich wieder auf ihre Seite wechselte: »Ein Busen. Was ist das schon?«

Mademoiselle blieb stehen. Man muss bedenken: Wir befanden uns auf der M-Street, der belebtesten Straße von ganz Georgetown. Da es kurz vor Ladenschluss war, war der Gehsteig voller Menschen, und auf der Fahrbahn bewegten sich die Autos im Schritttempo des Abendverkehrs. Mademoiselle blieb stehen, knöpfte ihren Mantel auf, riss ihre Bluse auseinander und stand mit blanken Brüsten da. Und diese Brüste waren sogar nach meinen kindlichen Maßstäben sensationell.

»Du meinst, dass der Busen dieser vulgären kleinen Friseuse schöner ist als meiner? Schau her, und sag mir: Ist das dein Ernst?«

Ich schlug beide Hände vors Gesicht. Um uns waren Leute stehen geblieben, der Verkehr auf der Straße kam völlig zum Erliegen, und ich hörte Hupen, Pfeifen und Gejohle. »Los, Baby, mach schon!«, schrie neben mir einer aus seinem Wagen: »Das Höschen!«

Endlich kam sie zur Besinnung. Es war, als wäre sie aus einer Trance erwacht: Sie sah um sich, raffte ihre Bluse zusammen und nahm mich bei der Hand. Die Pfiffe der Zurückbleibenden waren noch zu hören, als wir im Laufschritt in die erstbeste Nebenstraße bogen.

Ich glaube, die Wochen nach dem Besuch bei der esoterischen Luisita waren die schwierigsten. Wir steckten in einer Sackgasse, denn sosehr wir auch nachdachten, es fand sich nirgends eine Lösung. Außer jener, für die Mademoiselle nicht zu haben war:

»Und wenn wir einfach noch mal zur Feuerwache gehen? Wir könnten noch ein paar Fragen für meinen Aufsatz erfinden. Er hat gesagt, dass ich jederzeit zu ihm kommen kann.«

»Du. Nicht ich.«

»Es ist doch selbstverständlich, dass Sie dabei sind. Dafür werden Sie von meinen Eltern bezahlt.«

»Carlitos, als du ihn damals befragt hast, hast du ihm da gesagt, dass ich in dem Café an der Ecke auf dich warte? Schau mir in die Augen: Ja oder nein?«

»Ja.«

»Siehst du? Er ist einfach nicht an mir interessiert.«

»Das ist unmöglich.«

»Und warum?«

»Weil jeder an Ihnen interessiert ist. Warum sollte ausgerechnet dieser hässliche Feuerwehrmann ...«

»Carlitos!«

»Okay, okay.«

Doch schon am nächsten Tag ging es weiter.

»Vielleicht hast du Recht«, sagte Mademoiselle, als wir beim Essen saßen.

»Womit?«

»Nick Kowalski. Vielleicht sieht er tatsächlich nicht so wahnsinnig gut aus.«

Ich ließ das Besteck fallen: »Endlich!«

»Ich sage nicht, dass es so ist. Aber selbst wenn es so wäre, es wäre kein Argument. Ich bin nämlich der Ansicht, dass sich gerade schöne Menschen für weniger schöne entscheiden sollten. Angeblich geht es doch um Liebe, nicht wahr? Aber gerade da suchen sie sich ihre Partner mit dem Rechenschieber. Und darum versucht es zum Beispiel jeder Mann zunächst einmal bei mir: Zuerst die Schönste, sagt er sich, und erst, wenn die nein sagt, versuch' ich's eine Stufe tiefer. Und so verknallt er sich dann wieder und wieder, schraubt seine Bedingungen mehr und mehr zurück und bricht sich bei dieser Talfahrt ein Dutzend Mal das Herz. Bis er endlich eine findet, die seine Gefühle erwidert. Und warum tut sie das?

Weil sie aussehensmäßig auf demselben Niveau ist wie er selbst. Schau sie dir doch an, die Paare! Keiner attraktiver als der andere: Sie passen so genau zusammen, als hätte man sie in einem Katalog füreinander ausgesucht. Wenn der Mann ein Mondgesicht ist, hat seine Frau dafür eine riesige Nase. Wenn sie kurze Beine hat, hat er zum Ausgleich einen schmächtigen Brustkorb. Dieses Gesetz wird nur durchbrochen, wenn einer reich oder berühmt wird. Dann kriegt er endlich die hübsche, junge Blondine, die er eigentlich von Anfang an wollte. Und darum versuchen sie alle, reich oder berühmt zu werden, verstehst du?«

Sie nahm einen Schluck von ihrem Bordeaux: »Carlitos, verstehst du, was ich meine? Ich habe mir schon in deinem Alter geschworen, dass ich gerade in diese Falle nicht tappen werde. Kein reicher Mann, kein berühmter und keiner von denen, die sie gut aussehend nennen. Ich finde, dass ein schöner Mensch die moralische Pflicht hat, sich für einen weniger schönen zu entscheiden. Schönheit ist heute so viel wert wie Reichtum, weil du dir damit jeden kaufen kannst. Und so, wie ein Dollarmillionär verpflichtet wäre, sein Geld mit den Armen zu teilen, hätte ein Millionär in Schönheit die Pflicht, sich zunächst einmal einem weniger Schönen anzubieten. Eine gut aussehende Frau, die einen gut aussehenden Mann heiratet, ist eine reaktionäre Kuh.«

»Dann hätte eine wie Jackie Kennedy einen wie Richard Nixon nehmen sollen?«

»Absolument!«

So viel zu Mademoiselles Liebesmathematik. Sie hatte sich richtiggehend in Begeisterung geredet – ein Karl Marx des Heiratsmarkts. Übrigens sprach sie von ihrer Schönheit ohne jede Koketterie. So wie einer einen Börsenkurs kommentiert oder eine unheilbare Krankheit. Und sie zitierte auch keinen der verlogenen Sätze, mit denen sich die übrigen Schönen so gern bei den anderen entschuldigen: dass die Schönheit im Auge des Betrachters liege, jeder Mensch eine eigene Art Schönheit besitze und wahre Schönheit ohnehin von innen komme. Für Anziehungskraft, die »von innen« kommt, haben wir ja schon Namen: Charme, Güte, Humor, Intelligenz. Aber gerade die »wahre Schönheit« ist immer äußerlich, und das macht sie ja so himmelschreiend ungerecht: weil es keinen Menschen gibt, der ihr widerstehen kann, und kein Rezept, um sie zu erwerben.

Ich machte einen letzten Anlauf: »Aber er ist auch noch älter!«

»Na und? Sollen immer nur die reichen Greise die schönen jungen Frauen kriegen?«

»Wenn er auch nur zwölf Jahre älter ist, sind Sie nachher zwanzig Jahre lang seine Witwe.«

»Wieso zwanzig?«, fragte sie.

»Wir hatten das in Biologie: In den USA haben die Männer eine acht Jahre kürzere Lebenserwartung als die Frauen.«

»Falls er vor mir stirbt, bringe ich mich sowieso um.«

»Dürfen Sie nicht. Sie sind Katholikin.«

»Na schön, dann werde ich an ihn denken.«

»Zwanzig Jahre lang?«

»An einen wie Nick Kowalski könnte man hundert Jahre lang denken, ohne dass einem langweilig wird!«

Sie war mit dem Essen fertig und zündete sich eine Gauloise an. Nach ein paar Zügen ergriff sie noch einmal das Wort: »Zum Thema Liebe, Carlitos: Eine Bedingung sollte bei alldem natürlich erfüllt sein.«

»Dass er ein Mann ist«, seufzte ich.

»Voilà.«

Aber warum war sie dann so eifersüchtig auf diese Friseuse? Sagte ihr Instinkt ihr, dass gerade Nick Kowalski diesen Mechanismus durchschaut hatte? Dass er weniger blind war als die anderen Männer, die sie umschwärmten, und es darum gar nicht erst bei einer versuchte, die so weit über seinem eigenen Aussehensniveau angesiedelt war? War er bei dieser Luisita, weil er das Gefühl hatte, dass dies die Frau war, die ihm »vom Katalog her« zustand?

Andererseits konnte ich mir ebenso wenig vorstellen, wie ein Mann von einiger Intelligenz ihr esoterisches Geschwätz ertrug. Vielleicht war er ja so beschränkt wie sie, und vielleicht fiel es nur darum weniger auf, weil er nicht so gesprächig war? Denn Nick Kowalski war eindeutig ein wortkarger

Mann, und die Wortkargen imponieren uns immer: Wir können uns einfach nicht vorstellen, dass sie eigentlich nichts zu verschweigen haben.

»Vielleicht ist er einfach ein bisschen beschränkt?«

»Wer?«

»Nick Kowalski. Könnte er sonst jedes Wochenende diese alberne Tarotfriseuse ertragen?«

»Männer sind anders. Für ihn ist das wahrscheinlich wie ein Besuch im Bordell.«

Arme Luisita. Wie konnte eine wie Mademoiselle nur dermaßen eifersüchtig auf eine wie sie sein? In unserer Zeit in Rom, ich war vielleicht vier Jahre alt gewesen, hatte man für mich eine herrliche Dogge angeschafft. Und ein paar Monate später hatte ich noch einen Straßenköter dazubekommen. Meine Mutter hatte ihn mit ihrem Alfa angefahren und einfach mit nach Hause gebracht. Von dem Tag an, an dem dieser Köter ins Haus kam, hatte die Dogge Tag und Nacht leise vor sich hin gestöhnt. Das sei die Eifersucht, hatte meine Mutter gesagt, dagegen könne man nichts tun.

Ich erzählte diese Geschichte Mademoiselle.

»Et oui«, sagte sie ergeben.

Geholfen hat es nichts.

Dann sprachen wir wochenlang gar nicht mehr über Nick Kowalski, und ich dachte schon, sie habe ihn vergessen. Andere Dinge drängten sich in den Vordergrund. So las ich in jenen Tagen endlich die drei Bände *Winnetou*, die mir meine Großeltern, auf Deutsch, aus Wien geschickt hatten.

Und als Folge davon jedes erreichbare Buch über Indianer, in welcher Sprache es auch immer geschrieben war. Die Schulferien hatten begonnen, und bald kam der 11. Juni, an dem John F. Kennedy seine später berühmt gewordene Rede gegen die Rassisten hielt. Er hatte sich nicht einschüchtern lassen und verteidigte die Rechte der Schwarzen noch couragierter als während seiner Wahlkampagne. So stand es jedenfalls in der Zeitung. Meine Eltern bestanden schon damals darauf, dass ich jeden Tag eine las, einschließlich des politischen Teils.

Doch natürlich hatte Mademoiselle Nick Kowalski nicht vergessen. Das wurde mir klar, als meine Mutter auf einem der weißen Korbmöbel, die jetzt im Sommer auf der weitläufigen Terrasse standen, eine Zeitschrift über Esoterik fand. Sie kam wutentbrannt in die Bibliothek, wo mir Mademoiselle gerade ein französisches Gedicht diktierte.

»Wer liest hier diesen Schund?«

»Die habe ich gekauft«, sagte Mademoiselle und griff schuldbewusst nach der Zeitschrift.

»Sie glauben doch nicht etwa an diesen Schwachsinn?«

Es war das erste Mal, dass ich erlebte, dass sie zu Mademoiselle unhöflich war. Was diese natürlich sofort in die Defensive brachte: »Madame, es gibt fast keinen mehr, der nicht an Horoskope glaubt. Zumindest keine Frau!«

»Hören Sie, Mademoiselle«, sagte meine Mutter. »In meiner Heimat Österreich und in Deutschland haben damals so gut wie alle Frauen an Adolf Hitler geglaubt. Das waren so an die dreißig, vierzig Millionen. Ist das vielleicht ein Beweis für die Richtigkeit dessen, was dieser Mann gepredigt hat?« Sie schleuderte Mademoiselle ihre Zeitschrift hin: »Ich möchte so etwas in meinem Haus nie wieder sehen. Haben Sie mich verstanden?«

»Ja, Madame.«

»Was kürzlich ohne meine Zustimmung mit Carlotas Haar geschehen ist, habe ich Ihnen verziehen. Doch wenn ich merke, dass Sie ihren Kahlkopf auch noch mit solchem Müll vollstopfen, sitzen Sie noch am selben Tag in der ersten Maschine nach Frankreich.«

»Ja, Madame.«

Ich versuchte es Mademoiselle zu erklären. Es gab drei Themen, die meine Mutter von null auf hundert brachten: alte Nazis, synchronisierte Filme und eben Esoteriker. Sie wäre niemals in einen synchronisierten Film gegangen, und wenn sie einer nach ihrem Sternzeichen fragte, ließ sie ihn auf der Stelle stehen. »Was ist denn Ihr Sternzeichen, meine Liebe? Welcher Aszendent?« Ich schwör's, zumindest damals wäre sie augenblicklich aufgestanden, wer immer der Frager gewesen sein mochte.

Ob sie auch John F. Kennedy hätte stehen lassen, habe ich sie später einmal gefragt. Doch sie sagte nur, das sei ja das Unwiderstehliche an Kennedy gewesen: der hätte eine Frau vielleicht nach ihrer Telefonnummer gefragt, aber niemals nach ihrem Aszendenten. Aber natürlich war auch das wieder eine Glaubensfrage. Meine Mutter hatte nie neben Kennedy gesessen. Das einzige Mal, dass sie ihn aus der Nähe erlebte, war an dem Tag gewesen, an dem er das vom Spielen mit Caroline gesagt hatte.

Bei Horoskopen kannte sie kein Pardon. Sie war in erster Ehe mit einem prominenten deutschen Physiker verheiratet gewesen, der im Fernsehen einmal ein Experiment durchgeführt hatte, das danach in aller Munde war: Zwölf Versuchspersonen, eine pro Sternzeichen, bekamen in einem verschlossenen Umschlag ein Horoskop ausgehändigt, von dem man ihnen versicherte, es sei aufgrund ihrer persönlichen, vorher bei dem Sender eingereichten Daten errechnet worden. Danach führte man jede Person in eine schalldichte Kabine, in der sie es lesen sollte, und zeigte unterdessen den Fernsehzuschauern den Text auf dem Bildschirm: Es handelte sich um eine ausführliche, komplexe Charakteranalyse, die nur einen Haken hatte: Der Text war bei allen Versuchspersonen identisch. Schließlich ließ man all die heraustreten, die meinten, dass das soeben gelesene Horoskop auf sie zutraf: Von zwölf Teilnehmern hatten sich elf in dem vervielfältigten Horoskop wiedererkannt, und zwar mit vollkommener Sicherheit.

Ich habe dieses Experiment oft erzählt bekommen, und selbstverständlich hat man mir auch erklärt, warum gleich elf Personen glaubten, ihr spezifisches Horoskop zu lesen. Doch mich hat an dieser Geschichte immer nur jener zwölfte Teilnehmer interessiert, der nicht aus seiner Kabine kam. So wie der wollte ich später einmal werden.

Aber natürlich hatte Mademoiselle diese esoterische Zeitschrift nur gekauft, um die Schwachstellen ihrer Rivalin aufzuspüren. Und das bedeutete, dass sie Kowalski noch nicht aufgegeben hatte. Darum fragte ich sie jetzt noch einmal: Was, wenn auch er glaubte, dass man mit den Toten in Verbindung treten kann? Wenn er seine Brieftauben für Boten seiner polnischen Vorfahren hielt?

Damit brachte ich sie endlich einmal wieder zum Lachen: »Das ist völlig unmöglich.«

»Aber Sie kennen ihn doch kaum.«

»Meine Schwester Danielle ist einmal eine Zeit lang zu so einem Verein gegangen. Eigentlich mehr, um einen Mann kennen zu lernen, denn sie hatte gerade eine unglückliche Affäre hinter sich. Aber es gebe dort keine Männer, sagt sie. Die paar, die sich bei diesen Zusammenkünften zeigen, seien mehr oder weniger verkappte Schwule oder echt Verwirrte: solche die Stimmen hören und Visionen haben. Und dann natürlich all die Gauner, die dort ihre Geschäfte treiben: Tarotleser, Wahrsager, Rückführer, Astrologen.«

Ich hatte eine Eingebung: »Vielleicht ist er schwul?

Vielleicht interessiert er sich deswegen nicht für Sie?«

Wieder musste sie lachen: »Nick Kowalski ein Schwuler!«

»Sie haben doch noch gar nicht mit ihm geschlafen? Vielleicht ist er impotent?«

»Wo hast du denn dieses Wort wieder aufgeschnappt?«

»Welches sind eigentlich die anderen Regeln Ihres Vaters? Sie haben gesagt, dass es noch fünf mehr sind.«

»Die sag' ich dir ein andermal.«

»Hat es was mit Sex zu tun?«

Sie hatte ihre esoterische Zeitschrift zusammengerollt und schlug sie mir auf den Kopf: »Schluss jetzt. Au travail!«

Aber nach ein paar Minuten war sie es, die unterbrach: »Er interessiert sich nicht für mich, weil ich zu schön bin. Er denkt, dass er sich zum Narren machen würde, weil er mich ja sowieso nicht kriegt.«

Dieser Gedanke war mir, wie gesagt, auch schon gekommen. Doch in dem Fall war dann ja tatsächlich nichts zu machen: »Vielleicht sollten Sie sich ein paar Narben zufügen? Wie die Idioten von den schlagenden Verbindungen, von denen mein österreichischer Großvater immer erzählt?«

»Du hast vielleicht Ideen!«

»Vielleicht sollten Sie sich einfach nicht mehr waschen? Oder nur noch zerfetzte Kleider tragen?«

»Allons, Charlotte. Au travail!«

Am nächsten Morgen jedoch, als ich mit meinem Vater beim Frühstück saß – meine Mutter war ein so genannter Nachtmensch und pflegte lange zu schlafen –, kam sie mit einer riesigen Beule an. Mein Vater war über die Verunstaltung so entsetzt, dass er aufsprang und ihr einen Stuhl hinschob: »Du lieber Himmel, was ist denn mit Ihnen passiert?«

Sie sei unter der Dusche ausgeglitten und dabei mit der Stirn auf den Wasserhahn geprallt, erklärte Mademoiselle. Ich hielt die Augen gesenkt, damit sie mein Mitleid nicht entdeckte. Was hatte sie vor mit dieser Beule? Ihrem Angebeteten die Angst vor ihrer Schönheit zu nehmen? Und wenn ja, wie wollte sie das anstellen? Wollte sie so lange an der Feuerwache vorbeispazieren, bis sie ihn zufällig traf?

Wie sehr musste sie ihn lieben, dass sie nach einem solchen Strohhalm griff. Es war Zeit zu handeln.

Bevor ich von diesem Handeln berichte – es betrifft eine nach dem Gesetzbuch eindeutig als kriminell zu bezeichnende Tat –, muss ich nun doch von der Religion erzählen, die ich ein Jahr zuvor erfunden hatte – einer Religion ohne Glauben. Das war noch in Lima gewesen, in der Zeit vor Mademoiselle. In einem der Häuser unserer damaligen Nachbarschaft war eingebrochen worden. Die alte Haushälterin, die Stanislav und ich gut kannten, hatte die Räuber überrascht und dafür mit dem Leben bezahlt.

»Das ist, weil die Leute nicht mehr an die Hölle glauben«, sagte Stanislav. »Wovor sollen sie sich noch fürchten?«

»Vor der Polizei.«

»Die klärt doch nicht mal jeden zwanzigsten Raub auf.«

»Man müsste eine neue Religion erfinden«, sagte ich.

»Noch eine?« Meine Freundin gähnte.

»Eine, die das Glauben überflüssig macht. Die Menschen müssen wissen, dass sie bestraft werden.«

»Aha«, sagte Stanislav mit der ganzen Überlegenheit ihres einjährigen Vorsprungs an Lebenserfahrung.

»Einstein. Die Relativitätstheorie. Hättest du je gedacht, dass die Zeit stillsteht, wenn du dich von der Erde wegbewegst?«

»Nicht stillsteht, du Kretin. Sie wird relativ.«

»Gut, aber hätte man sich vor ein paar Jahren überhaupt vorstellen können, dass die Zeit eine so sonderbare Sache ist? Und ich glaube, je länger man in dieser Richtung weiterforscht, desto größer werden die Überraschungen, die auf uns warten. Und nichts ist Humbug. Alles total wissenschaftlich. Ich könnte mir vorstellen, dass die künftigen Physiker eine Möglichkeit finden, alles, was wir heute machen und wovon wir glauben, dass man es uns nicht nachweisen kann, weil es keiner gesehen hat, jederzeit – hör genau zu: zu jeder Zeit – abzurufen.

Das Jetzt geht einfach nicht mehr weg, weil das mit der Zeit ganz anders ist, als wir heute denken. Du willst zum Beispiel wissen, was ein gewisser Ricky Morales am 10. Oktober 1962 um sechs Uhr morgens auf der Toilette seines Hotelzimmers gemacht hat …«

»Kann man sich denken.«

»Genau. Aber wenn es etwas ganz anderes gewesen ist? Vielleicht hat er den Kadaver eines Neugeborenen runtergespült?«

»Durch den Abfluss seiner Hoteltoilette, ja.«

»Nur als Beispiel. Doch falls er es getan hätte, wüsste das nur er.«

»Und der liebe Gott«, witzelte Stanislav.

»Eben. Und an den glaubt er nicht mehr.«

»Also braucht er einen neuen.«

»Das ist es ja: Er braucht gar keinen. Die heutigen Religionen sind allesamt veraltet, weil sich immer mehr herausstellt, dass das, womit sie ihren Anhängern früher gedroht haben – ewige Höllenqualen, ewige Seelenwanderung –, vom wissenschaftlichen Standpunkt unhaltbar ist. Aber sobald du annehmen musst, dass eine Tat später von jedermann jederzeit rückwirkend beobachtet werden kann, wirst du dich automatisch anständig benehmen. Man müsste sich da mal mit einem Physiker unterhalten. Und wenn das Besichtigen der eigenen Vergangenheit irgendwann irgendwie möglich sein sollte, dann müsste man das Bewusstsein davon schon heute unter die Leute bringen, damit sie endlich anfangen, sich wieder vor der Strafe oder wenigstens vor der Blamage zu fürchten. Das würde nicht nur die Verbrechensrate, sondern auch die aller übrigen Gemeinheiten senken, verstehst du? Welche Mutter würde ihr Kind verhauen, wenn sie wüsste, das kommt auf ihr persönliches Filmband?«

So oder ähnlich habe ich mich seinerzeit ausgedrückt – ich gebe das natürlich mit meinem Wortschatz von heute wieder. Doch Stanislav war ohnehin nicht besonders beeindruckt, und darum haben wir meine Religion ohne Gott nicht weiter diskutiert. Bei mir hat sich die Furcht vor dieser physikalischen Möglichkeit zumindest als Aberglaube eingenistet. Nicht, dass ich mich von da an hochmoralisch benommen hätte, doch ich war sozusagen auf der Hut. Heute denke ich, dass wir uns der Sache in rasantem Tempo nähern, und ich verfolge darum mit Leidenschaft die Fortschritte der modernen Physik. Die Physiker beschäftigen sich ja schon längst mit dem elfdimensionalen Kosmos, mit Teilchen ohne Masse, mit Wahrscheinlichkeitswellen und sogar mit Reisen jenseits der Lichtgeschwindigkeit. Und darum wird es auch immer weniger akzeptabel, dass das Universum endlich sein soll. Physiker wie Steven Weinberg sind der Meinung, dass man demnächst vielleicht nicht einmal mehr von Raum und Zeit sprechen kann.

Doch schon damals in Lima hatte ich mir angewöhnt, mich vor jeder dubiosen Strategie – und sei es nur das Krankspielen vor der verhassten Turnstunde – in alle vier Himmelsrichtungen zu verneigen. »Sorry everyone«, sagte ich dabei, und zwar stets auf Englisch. Wenn man mich später in den heutigen Tag zurückholte, sollte man wissen, dass ich mir wenigstens bewusst war, dass das, was ich plante, nicht ganz einwandfrei war. Und Englisch würde dann ohnehin Weltsprache sein.

»Sorry everyone«, sagte ich auch, bevor ich mich am 21.6.1963 mit Mademoiselle auf den Weg zu Mr. Pilgrim machte. Es war in den letzten Tagen ziemlich heiß geworden, und darum ging ich auf die Terrasse, um mich nach Norden, Osten, Süden und Westen zu verneigen. Im Freien würde das Registrieren meines vorauseilenden Schuldbekenntnisses vielleicht noch sicherer auf meinem Lebensfilm landen. Denn mein Plan stand fest.

Auf dem Weg zu Mr. Pilgrim erzählte ich Mademoiselle in allen Details, was dieser seit Monaten in meinen Klavierstunden mit mir anstellte. Ich tat alles, um meine Stimme gequält, traurig und verängstigt klingen zu lassen. Und natürlich verfehlte das auch auf mich selbst nicht die Wirkung: Ich war ein zwölfjähriges Mädchen, das nun schon seit einer Ewigkeit den sexuellen Übergriffen eines geilen Lehrers ausgeliefert war. Es war mehr als verständlich, dass ich mich endlich meinem Kinderfräulein anvertraute.

Mademoiselle war längst stehen geblieben: »Und das erzählst du mir erst heute?«

»Ich wusste ja nicht …«

Sie war außer sich: »Quel cochon! Chien! Animal! Komm! Wir müssen das sofort deinen Eltern sagen!«

»Und dann?«

»Und dann? Man muss diesen Kerl vor Gericht bringen. Der macht das bestimmt noch mit anderen Kindern!«

»Und wie soll man das beweisen?«

»Man wird ihn verhören.«

»Er wird sagen, das sei alles meine kindliche Fantasie.«

»Man wird seine anderen Schülerinnen befragen.«

»Sie werden Dutzende von Kinderpsychologen auf uns hetzen. Die Amerikaner lesen über nichts lieber als über solche Sachen, sagt Franca. Wir werden also jeden Tag in der Zeitung sein.«

»Aber irgendetwas muss man doch unternehmen! Auch wenn du jetzt nicht mehr hingehst, wird er es mit den anderen treiben. Vielleicht noch viel schlimmer!«

»Um das zu verhindern, gibt es nur einen Weg.«

»Da bin ich aber neugierig.«

»Sein Handwerkszeug muss verschwinden.«

»Welches Handwerkszeug?« Manchmal war sie wirklich schwer von Begriff.

»Was ist das Handwerkszeug eines Klavierlehrers?«

»Das Klavier«, sagte sie brav.

»Ein alter Flügel in diesem Fall. Und der steht in einem Pavillon.«

»Soll man den vielleicht in die Luft …« Es hatte ihr mitten im Satz die Sprache verschlagen: »Carlitos!«

»Kommen Sie«, sagte ich. »Wir tun, als wäre überhaupt nichts passiert. Sie erklären, sie möchten mich wenigstens einmal Klavier spielen hören, da unser eigener Flügel noch immer nicht eingetroffen ist. Dann lässt er mich heute in Ruhe, und Sie können gemütlich den Tatort inspizieren.«

»Carlitos!« Sie umarmte mich auf offener Straße. »Und es wäre auch noch eine hochmoralische Sache!«

Ich bin im späteren Leben selten wieder so stolz auf mich gewesen: »Eben.«

Mr. Pilgrim war reizend zu Mademoiselle. Er fegte seinen mit allerlei Papieren belegten Sessel für sie frei und hieß sie, es sich bequem zu machen. Wie schön, dass mir endlich einmal jemand beim Spielen zuhören wolle, meinte er, »und sei es nur das Kinderfräulein«. Dass unser Flügel nach so vielen Monaten noch immer nicht in Washington eingetroffen war, nannte er einen Skandal. Ich müsse jetzt nämlich ernsthaft an eine Pianistenkarriere denken, ich sei ja dermaßen talentiert. Er wies mich an, Mademoiselle die mir bereits geläufigen Teile der *Goldberg-Variationen* vorzuspielen – das werde ihr bestimmt gefallen: Es gebe niemanden, der den *Gold-*

berg-Variationen widerstehen könne. Dann setzte er sich neben mich auf die Klavierbank, genau wie sonst. Nur dass seine linke Hand diesmal auf dem eigenen Schenkel lag. Nach Mademoiselle sah er sich kein einziges Mal um: Kein Wunder, er stand ja auf *kleine* Mädchen. Oder lag es an der violett angelaufenen Beule auf ihrer schönen Stirn? »Sehr gut«, murmelte er wieder und wieder. »Sehr gut, mein Kind!« Sonst lobte er mich nie. Auch nahm er immer wieder seine Lupe zur Hand, um bestimmte Stellen der Partitur zu entziffern. Ein engagierter Pädagoge, kein Zweifel.

Auf einmal tat er mir leid. Ich schaute auf seine von braunen Flecken übersäte Hand mit den langen, dürren Pianistenfingern, bemerkte das leise Zittern, das mir früher nie aufgefallen war. Sicher wollte er in seiner Jugend ein gefeierter Pianist werden – und was war aus ihm geworden? Ein Klavierlehrer für die Kinder der Bourgeoisie, der schon dankbar sein musste, wenn eine unmusikalische Angestellte zum Zuhören kam. Denn ich konnte mir kaum vorstellen, dass Mademoiselle in der Lage war, zwischen Bach und Beethoven zu unterscheiden.

Und was war schon dabei, wenn er seine Hand auf meinen Schenkel legte? Offenbar sehnte er sich nach dieser Berührung so sehr, dass er dafür sogar einen Skandal riskierte. War ich, das so genannte Opfer, im Grunde vielleicht nicht mehr als ein spießiger, kleiner Geizkragen? War nicht eher *mein* Verhalten pervers? Denn vielleicht war ein Flittchen ja das Gegenteil dessen, wofür man es gemeinhin erklärte: eine Frau, die einem Mann das so verzweifelt Ersehnte nicht gestattet. War denn die Unberührtheit des Oberschenkels einer verwöhnten Diplomatentochter so viel wichtiger als das Verlangen eines einsamen, alten Mannes? Was sonst war wohl dieser Sex, von dem sie so viel Aufhebens machten – was sonst als die Sehnsucht nach der größtmöglichen Nähe zu einem anderen Menschen?

Das mit der Moral war ja dermaßen kompliziert! Etwa bis zur Zeit meiner Einschulung hatte mir jede neue Kinderfrau, sobald sie zum ersten Mal mit mir allein war, die gleiche Frage gestellt: »Und wen hast du lieber, Carlotita, den Papi oder die Mami?« Ich weiß, dass ich jedes Mal lange überlegte und dann, wenn ich endlich einen der beiden nannte, sofort dachte, dass ich eigentlich den anderen lieber hatte. Und so ergeht es mir auch mit Entscheidungen über moralische Probleme bis zum heutigen Tag. Sobald die Menschen alle in dieselbe Richtung marschieren – und sie marschieren immer alle in dieselbe Richtung –, muss ich einfach nachsehen, ob sie in der Gegenrichtung nicht irgendetwas vergessen haben. Und sie haben immer etwas vergessen.

Freunde macht man sich damit nicht. Wie oft musste ich mir anhören: »Carlota Linares – immer muss sie sich interessant machen!« Aber ich glaube, ich bin einfach immer nur auf der Suche nach der größten Gerechtigkeit gewesen. Und je länger ich nach einer Antwort suchte, desto mehr kamen zum

Vorschein. Heute wüsste ich nicht einmal mehr zu sagen, wie sich der Begriff Gerechtigkeit definiert.

Und dies war ein weiterer Grund, aus dem ich Mademoiselle bewunderte: Wenn sie ein Urteil gefällt hatte, zog sie es nie wieder in Zweifel. Ob es nun um Kowalski, die Weinkenner oder den lieben Gott ging – immer wusste sie, was falsch und richtig war. Immer konnte sie sich entscheiden, und zwar sofort.

Auch im Fall von Mr. Pilgrim hatte sie längst entschieden. Als ich einmal hinter seinem Rücken zu ihr hinsah, machte sie mir ein Zeichen. Was denn, die Büste von Johann Sebastian Bach? Sie nickte.

Die Büste von Johann Sebastian Bach. Sie war nicht aus Gips, sondern aus weiß bemaltem, sehr festem Pappmaché. Sie stand auf dem Notenregal, das sich direkt unter dem zu dieser Jahreszeit stets weit geöffneten Fenster befand. Mademoiselle meinte, dass das Feuer von hier ausgehen solle. Aus symbolischen Gründen sozusagen. Hatte dieses alte Schwein das Genie aus Deutschland nicht dazu missbraucht, kleine Mädchen zu begrapschen?

Ihr Plan war, gleich in der kommenden Nacht in den Pavillon einzubrechen, die vorhandenen Notenblätter über den Flügel zu verteilen, darauf die Büste zu platzieren, alles mit Benzin zu übergießen und mit einer aus der Ferne geschleuderten Pechfackel in Brand zu setzen. Ich war dagegen.

»Und warum?«

»Es ist nicht elegant.«

»Seit wann muss ein Feuer elegant sein?«

»Nicht das Feuer. Die Art, wie man es herstellt. Dies wird unser viertes und letztes Feuer sein. Da sollte man sich schon was Besonderes einfallen lassen.«

»Und was wäre was Besonderes?«

»Jedenfalls nichts mit einer Fackel, denn das hatten wir schon bei der Georgetown Queen. Und kein Feuer bei Nacht. Wir haben es jetzt bereits zweimal bei Dunkelheit brennen lassen – bei der Sache mit dem Müll und bei dem Schiff. Ich möchte wissen, wie so was am Tag aussieht.«

Mademoiselle sah mich aufmerksam an: »Charlotte, du wirst mir doch keine Pyromanin?«

»Was ist das?«

»Das ist eine, die ’s zum Spaß macht. Une pyromane ...«

»Was heißt hier ›zum Spaß‹? Es bleibt uns doch gar nichts anderes übrig!«

Und natürlich war Mademoiselle diese Antwort hochwillkommen: »Nicht dass ich wüsste«, seufzte sie.

Noch auf dem Heimweg entwickelte ich meinen Plan für ein Feuer am helllichten Tag. Zufällig hatte ich am Morgen mit Mr. Fudimoto gesprochen, der im Radio regelmäßig die Wettervorhersage hörte. Die Hitze werde noch bis zum kommenden Wochenende unvermindert anhalten, sagte er, darum wolle er das Wasser im Schwimmbassin erst in der nächsten Woche erneuern, denn er sei dann ja einen ganzen Tag lang nicht benutzbar, der Pool.

»Weiter«, sagte Mademoiselle.

Wir standen vor dem Haus der Harrimans, das weiß ich noch genau. Vor den Häusern wichtiger Leute fühlte man sich in Georgetown immer ein wenig beobachtet, und darum bat ich Mademoiselle, ein paar Schritte weiterzugehen.

»Erstens, die Büste«, sagte ich dann. »Die muss bleiben, wo sie ist.«

»Die steht jetzt aber am Fenster. Und wir wollen ihm doch sein Klavier anzünden.«

»Tun wir auch.«

»Aber nicht mit der Büste?«

»Gerade mit der Büste.«

»Mach's nicht so spannend, chérie.«

»Haben Sie sich auch den unteren Teil dieser Büste angesehen?«

»Ich habe den scheußlichen Kupferteller gesehen, auf dem sie steht.«

»Und was liegt auf dem Rand dieses Kupfertellers?«

»Sein Tabak und seine Pfeifen«, sagte sie brav.

»Sehr gut.« Die Rolle begann mir zu gefallen.

»Und weiter?«

»Die Lupe. Die, mit der er die Noten liest.«

»Hielt er in der Hand«, sagte sie.

»Und am Schluss der Stunde? Wohin hat er sie da gelegt?«

»Zu den Pfeifen.«

»Also ebenfalls auf den Kupferteller.«

»Weiter.«

»Das Unternehmen startet nicht in der heutigen Nacht, sondern erst in der kommenden. Und zwar früh um vier, weil da kein Mensch auf der Straße ist.«

»Ich dachte, du wolltest ein Feuer am Tag?«

»Abwarten! Nachts um vier gehen wir hin, doch brennen wird es am Tag. Wir müssen dabei nicht einmal durchs Fenster steigen, weil er die Tür nie verschließt. Wer klaut schon einen alten Flügel? Aber auch das Fenster steht zu dieser Jahreszeit wahrscheinlich offen, weil er immer versucht, den Tabakgestank loszuwerden. Wir gehen hin, füllen den Kupferteller, auf dem die Büste des Herrn Bach steht, mit Benzin. Mit dem Rest übergießen wir die Büste selbst und das Stück Vorhang, das wir dem Mr. Bach über den Kopf hängen werden. Und dann nehmen wir die Lupe des Herrn Pädagogen und stellen sie hochkant in den kleinen Benzinsee, und zwar so, dass sich, wenn übermorgen die Sonne darauf brennt, zuerst das Benzin im Teller, dann die Büste, dann der Vorhang und dann der ganze Raum und der ganze Pavillon wie von Geisterhand entzünden. Und so wird der alte Pilgrim bestraft, und kein Mensch schöpft Verdacht.«

»Und wenn er in den Pavillon kommt, bevor es heiß wird? Dann riecht er's doch? Oder wenn er drin wäre, wenn's zu brennen beginnt? Wir wollen ihn ja nicht umbringen!«

»Er kommt immer erst um drei Uhr nachmittags«, sagte ich.

»Das weißt du genau?«

»Beim letzten Mal habe ich ihn gefragt, ob ich jetzt während der Sommerferien nicht am Vormittag kommen kann. Er hat mir gesagt, dass er immer erst ab drei Privatstunden gibt. Morgens ist er an irgendeinem Konservatorium.«

»Warum machen wir's dann nicht schon heute Nacht?«

»Weil ich einen Tag brauche, um den richtigen Winkel für die Lupe zu berechnen.«

Wir waren an unserer Haustür. »Kinderwagen?«, fragte Mademoiselle.

»Schultasche. In diesem Fall reicht ein Liter.«

Es ging alles nach Plan. Dank der Experimente, die ich im Umkleidehäuschen neben dem Schwimmbassin durchgeführt hatte, wusste ich, dass bei dem von mir gewählten Einfallswinkel die durch die Lupe gebündelten Sonnenstrahlen das Feuer zwischen elf und zwölf Uhr vormittags entzünden würden. Vorsichtshalber gingen wir aber trotzdem eine Stunde früher aus dem Haus, ich mit einem Bündel Klaviernoten unterm Arm, Mademoiselle mit einer Einkaufstasche. Die Temperatur war noch höher als am Tag zuvor; schon um neun Uhr hatte das Thermometer auf 93 Grad Fahrenheit, also knapp 34 Grad Celsius, gestanden. Jetzt um zehn war die Sonne bereits so heiß, dass Mademoiselle und ich in einer leichten Abänderung unserer Pläne, anstatt herumzuwandern, in dem englischen Pub an der Wisconsin Avenue einkehrten, von dem es nur zwei Häuserblocks bis zum Tatort waren.

Wir bestellten Mineralwasser und blickten so gelangweilt wie möglich aus dem Fenster. Mademoiselle hatte sich auf den ersehnten Anlass auf ihre Weise vorbereitet: Die Beule an ihrer Stirn war zwar ein wenig kleiner geworden, hatte dafür aber einen abscheulichen braungelben Farbton angenommen. Sie trug ihr Sommerkleid mit den Blümchen, das am Tag zuvor noch wie neu ausgesehen hatte. Doch offenbar hatte sie es in der Nacht an mehreren Stellen eingeschnitten und künstlich ausgefranst. Es war das erste und einzige Mal, dass ich erlebte, dass eine Frau sich für einen Mann hässlich macht.

Wir mussten nicht lange warten, denn schon um Viertel vor elf war es so weit. »Habemus Papam«, sagte die Katholikin Mademoiselle, mit den kieselsteingrauen Augen diskret in Richtung von Mr. Pilgrims Anwesen blickend. Und tatsächlich sah man dort eine dünne, weiße Rauchfahne in den Sommerhimmel steigen.

Wir hatten uns darauf eingestellt, dass wir vielleicht wieder selbst die Aufmerksamkeit auf das Feuer lenken mussten. Es sollte ja auf keinen Fall auf die Nachbargrundstücke übergreifen. Doch offensichtlich wurde es bereits bemerkt, denn als Mademoiselle an die Theke trat, um den Kellner in aller Unschuld auf den seltsamen Rauch aufmerksam zu machen, erscholl die erste Sirene, und wir eilten zusammen mit den anderen Gästen auf die Straße hinaus und dann in die Richtung, aus der nun in immer dickeren Schwaden der immer dunklere Rauch aufstieg.

Ein Feuer am hellen Tag ist lange nicht so eindrucksvoll wie eines, das man um Mitternacht legt. Von lodernden Flammen keine Spur. Alles, was wir beim näher Kommen sahen, war ein gigantisches schwarzes Rauchknäuel und darin der Umriss der kleinen, runden Holzkonstruktion, die einmal Mr. Pilgrims Pavillon gewesen war. Am Gartenzaun hatte sich bereits eine hüstelnde Menschenmenge versammelt. Darunter Mr. Pilgrim wie versteinert, die Hände auf dem Rücken verschränkt. Offenbar war er ausgerechnet heute daheim geblieben. Hatte er die Feuerwehr alarmiert?

Und dann sahen wir Nick Kowalski. Er stand auf dem vorderen der beiden Wagen – es waren die, die ich im Depot der Feuerwache hatte inspizieren dürfen – und dirigierte über Megaphon den Löschangriff seiner Mannschaft: »Den rechten Strahl tiefer. Tiefer. Toni, so kommst du von oben. Ja, so!«

Doch auch er hatte uns entdeckt. Zumindest mich. Er legte das Megaphon beiseite und beugte sich zu mir herunter: »Hallo, Küken. Dieses Ei hast du uns wohl gelegt?«

Ich begann hysterisch zu kichern: »Ich? Wieso ich?«

»Du hast noch ein bisschen Anschauungsmaterial für deinen Schulaufsatz gebraucht, gib's doch zu!«

»Aber klar«, kicherte ich.

Doch er hatte bereits wieder sein Megaphon aufgenommen: »Nicht jetzt«, warnte er. Und dann energischer: »Ich sage: Nicht jetzt! Könnt ihr mich nicht hören? Zurücktreten!«

Und bald darauf krachte es. Der Pavillon war in sich zusammengestürzt, und offenbar hatte Nick Kowalski genau das vorausgesehen. Ein paar Minuten lang züngelten noch Flammen auf, kleinere allerdings. Dann war auch das vorbei, und die Brandstelle erinnerte an ein riesiges Barbecue.

Ich blickte verstohlen zu Mademoiselle: Das alles war schließlich unser Werk, und es war absolut saubere Arbeit. Doch sie hatte seit unserer Ankunft die Augen nicht mehr von ihrem Helden gelassen, der inmitten der Aufregung, die nach dem Einsturz des Pavillons entstand, die Ruhe selbst geblieben war: »Nicht so viel Wasser«, mahnte er durchs Megaphon. »Bolton, abdrehen. Du sollst den Strahl drosseln, Rudi! Wir legen hier keinen Swimmingpool an.«

Das Ganze ging noch etwa eine halbe Stunde, dann sprang er mit einem Satz vom Löschwagen herunter und landete direkt neben Mademoiselle: »Was ist denn mit Ihnen passiert?«

Sie betastete ihre Beule: »Ein kleiner Unfall.« Sie lachte nervös.

»Sieht aus, als wären Sie unter die Räuber gefallen.«

In dem Augenblick kam der große Blonde zu uns herüber: »Ich denke, das wäre erledigt, Boss. Den Rest schaffen sie allein.« Und zu Mademoiselle: »Was ist denn mit Ihnen passiert?«

»Sie ist unter der Dusche ausgerutscht«, sagte ich rasch.

»Und du hast sie nicht aufgefangen? Also ich hätte das getan.«

Da trat Mademoiselle in Aktion, nicht nur gegen die erste, sondern wahrscheinlich gleich gegen alle sechs Regeln ihres Vaters verstoßend: »Was haltet ihr beide von einem Drink?«, fragte sie, sah dabei allerdings den Blonden an, was die Sache für sie wohl ein wenig akzeptabler machte. »Gleich an der Ecke ist ein Pub.«

»Also ich könnte ein Bier gebrauchen«, sagte der hocherfreut. Da er von den beiden der weit besser Aussehende war, dachte er natürlich, ihr Interesse gelte ihm. »Captain?«

»Ich weiß nicht.« Nick Kowalski sah zögernd auf Mademoiselle. War es die Beule, die ihn schließlich schwach werden ließ? »Na schön. Aber nur fünf Minuten.«

Wir gingen zu viert in Richtung Pub. Mr. Pilgrim stand noch an derselben Stelle, in derselben Haltung. In seinem eingeäscherten Garten hatte sich ein Fotoreporter zu schaffen gemacht.

Und dann saßen wir an dem Tisch, an dem Mademoiselle und ich vorher auf den Ausbruch des Feuers gewartet hatten: zwei Brandstifter und zwei Feuerwehrleute. Es war unfassbar.

Als der Kellner die Gläser brachte – Bier für die drei Erwachsenen, eine Cola für mich –, prosteten wir uns zu: »Großartige Arbeit«, lobte Mademoiselle. Und dann direkt zu Nick Kowalski: »Mes compliments, Monsieur.«

Doch der ließ sich von ein bisschen Französisch nicht düpieren: »Wie seid ihr beide denn wieder so rasch zur Stelle gewesen? Bis zur Olive Street sind's doch mindestens zwanzig Minuten?«

»Ich habe bei Mr. Pilgrim Klavierunterricht«, sagte ich und schob ihm wie zum Beweis mein Notenbündel hin. »Ich hatte Klavierstunden«, setzte ich kichernd hinzu.

»Was für ein Zufall mal wieder.« Kowalski lächelte undurchsichtig. Doch ich glaube nicht, dass er zu dem Zeitpunkt schon irgendeinen Verdacht geschöpft hatte. Nur mein schlechtes Gewissen ließ es mir so erscheinen. Wenn mein Vater spät nach Hause kam und meine Mutter – zuweilen sicher in aller Unschuld – nach dem Grund fragte, fragte er stets zurück, warum sie ihn ständig verdächtigen müsse. Das persönliche Filmband meines Vaters hätte ich mir wirklich nicht anschauen mögen!

Doch auch ich machte nun weiter, als habe er uns einen Vorwurf gemacht: »Wir waren zu früh dran, und darum haben wir hier gewartet. Und da hat Mademoiselle die Rauchwolke entdeckt.«

»Habemus Papam«, wiederholte diese ihr bescheidenes Witzchen. Und als Kowalski sie nicht zu verstehen schien: »Das sagen sie, wenn sie einen neuen Papst gewählt haben. Und da lassen sie dann immer weißen Rauch in den Himmel steigen. Genauso hat es ausgesehen. Am Anfang, meine ich.«

»Davon hat man mir nie was erzählt«, sagte Kowalski. »Schande. Dabei sind meine Eltern Katholiken.«

»Meine auch«, rief Mademoiselle, als sei dies das Außergewöhnlichste auf der Welt. Und nach einer Pause so unvermittelt, dass man das Schlimmste befürchten musste: »Was ich hier in Amerika am meisten vermisse, ist der Fußball.«

Doch Kowalski schien hocherfreut: »Sie mögen Fußball?«

»Und wie!«

»Von Ihnen hätte ich das nicht erwartet.«

»Das habe ich von meinem Vater. Ich konnte noch nicht laufen, da hat er mich schon mit zum Fußball geschleppt. Aber später hat es mich dann noch viel schlimmer erwischt als ihn.«

»Also mein Ding ist Baseball«, sagte der Blonde, der übrigens Frank hieß und nun wieder in den Ring zurückstrebte: »Da nehme ich Sie aber jederzeit mit.«

»Vom Baseball verstehe ich leider gar nichts.«

»Ich bring's Ihnen bei.«

»Fußball«, sagte Mademoiselle.

»Das wäre dann Sache des Chefs«, kapitulierte der blonde Frank. Man sah ihm an, dass es ihm nicht in den Kopf wollte, dass Mademoiselle nicht lieber mit ihm ging, egal zu welchem Spiel. Und im Grunde ging es mir ja genauso.

Doch jetzt gab es für Kowalski natürlich kein Entrinnen mehr: »Ich bin jeden Samstag bei einem Fußballmatch. Mein europäisches Erbteil wahrscheinlich. Wenn ihr beide mal mitkommen möchtet?« Ihr beide. Allein sein wollte er mit ihr nicht.

»Ist das Ihr Ernst?« Mademoiselle strahlte.

»Das ist natürlich nicht wie bei Ihnen in Frankreich«, dämpfte er. »Der SC Washington gegen den SC Boston, der SC Washington gegen den SC Baltimore. Winziges Stadion. Und meistens gewinnen die Auswärtigen. Da sind Sie bestimmt Besseres gewöhnt.«

»Ach, wissen Sie, so gut sind sie in Biarritz auch wieder nicht. Biarritz ist ein winziges Städtchen.«

Kowalski versuchte es mit einem letzten Ausweichmanöver: »Aber das Küken wird sich langweilen.«

Doch da war er nun wirklich an der falschen Adresse: »In Buenos Aires gehe ich mit meinem Großvater immer zum River Plate. Er ist dort seit ungefähr tausend Jahren Sponsor oder so was Ähnliches.«

»Lauter Experten.« Kowalski gab sich geschlagen. Er hatte sein Bierglas leer getrunken und stand auf: »Dann bedanken wir uns.«

»Bis Samstag also«, sagte Mademoiselle rasch. »Wann und wo?«

»Hätte ich glatt vergessen.« Er zog seinen Block aus der Tasche und notierte mit energischen Lettern Zeit und Ort ihres ersten Rendezvous. Und dann fügte er noch seine private Telefonnummer hinzu, für den Fall, dass etwas dazwischenkäme. Uns, nicht ihm. Ihm käme beim Fußball nie was dazwischen.

Ich wusste, dass Mademoiselle unmöglich ein Fußballfan sein konnte. Ich kannte sie nun schon seit einem halben Jahr, und so weit ich mich erinnerte, hatte sie in dieser Zeit noch nicht einmal das Wort Fußball ausgesprochen. Was ich nicht wusste, war, dass sie in ihrem ganzen Leben noch kein einziges Spiel gesehen hatte. Eine Vergeudung von Zeit und Geld, pflegte ihr angeblich so fußballvernarrter Vater zu sagen. Männer sollten sich lieber einen guten Striptease anschauen.

»Nicht mal im Fernsehen?«, fragte ich sie.

»Was?«

»Nicht mal im Fernsehen haben Sie ein Fußballspiel gesehen?«

»Einmal hab' ich's versucht. C'était l'ennui total.«

»Wie wollen Sie dann über die Runden kommen? Ich meine, das merkt er doch?«

»Bis Samstag habe ich noch vier Tage. Bis dahin bin ich perfekt.«

»In Fußball?«

»Mais oui.«

»Und wie werden Sie das anstellen?«

»Du bringst es mir bei.«

Unter den Spielsachen im Keller gab es auch ein altes Tischfußballspiel. Das schleppten wir herauf, staubten es ab und stellten es unter dem Sonnenschirm neben dem Schwimmbassin auf ein Tischchen. Einige der auf den Stangen aufgereihten Spielfiguren waren lädiert, doch Mademoiselle hatte immerhin schon gehört, dass eine Mannschaft aus elf Spielern besteht.

»Plus Torwart«, sagte sie stolz.

»Der Torwart ist schon mitgezählt.«

»Ah.«

Zu dem Spiel gehörte zum Glück auch eine Anleitung, in der sämtliche Fußballregeln aufgeführt waren, und anhand dieses Lehrmaterials stiegen wir nun in den folgenden vier Tagen systematisch in die Materie ein. Der Unterricht begann morgens um neun und dauerte den ganzen Tag. Vor dem Abendessen hatte ich eine Stunde Examen angesetzt:

»Was ist ein Freistoß?«

»Ein Freistoß ist die Spielfortsetzung nach einer Regelwidrigkeit der gegnerischen Mannschaft. Dabei müssen die gegnerischen Spieler sich mindestens 9,15 Meter vom Ball entfernt aufhalten.«

»Und in amerikanischen Maßen?«

»Die dürfte ich ja gar nicht kennen. Ich habe meinen Fußball in Frankreich studiert.«

»Richtig. Was ist ein Foul?«

»Bezeichnung für eine bewusst begangene Regelwidrigkeit im Kampf um den Ball.«

»Eine Flanke?«

»Weiter und hoher Flugball, der von der Außenseite des Spielfelds vor das Tor geschlagen wird.«

»Sehr gut!« Offenbar war ich die geborene Pädagogin. »Und was ist ein Elfmeter?«

»Ein anderes Wort für Freistoß.«

»Für Strafstoß«, korrigierte ich.

»Mais que je suis idiote!«

»Und was ist ein Strafstoß?«

»Strafstoß nennt man die Spielfortsetzung nach einer Regelwidrigkeit innerhalb des Strafraums.«

»Und warum heißt er auch Elfmeter?«

»Weil der Stoß von einem Punkt ausgeführt wird, der genau in der Tormitte und in elf Meter Entfernung liegt.«

»Was bedeutet ›Aus‹?«

»Außerhalb des Spielfelds.«

»Was heißt Defensive?«

Sie holte tief Luft: »Eine defensive Mannschaft ist in erster Linie darauf bedacht, das eigene Tor zu sichern, und operiert aus einer verstärkten Abwehr heraus.«

»Sehr gut.« Ich war wirklich beeindruckt.

»Du meinst, dass es geht?«, fragte sie demütig.

»Bis Samstag wissen Sie mehr als er.«

»Frag weiter!«

Und ich befragte sie weiter: Flachpass, Mittelstürmer, Libero, Platzverweis, gelbe Karte, rote Karte … Es war einfach faszinierend, wie schnell sie etwas begriff, das ihr total gleichgültig war. Ich begreife nur Sachen, die mich interessieren.

Die einzig echte Anteilnahme zeigte Mademoiselle beim Begriff Eigentor: »So was gibt's wirklich?«

»Hab' ich mit eigenen Augen gesehen.«

»Mein Gott, der arme Spieler. Ich würde mich umbringen, wenn mir so was passierte.«

»Mein Großvater kannte einen, der hat sich tatsächlich umgebracht. In der Nacht nach dem Desaster ging er aufs Spielfeld und erhängte sich an dem Tor, in das er versehentlich seinen Ball geschossen hatte.«

»Ein Argentinier?«

»Was sonst? Wenn unsere Nationalmannschaft nach einem verlorenen Spiel aus dem Ausland zurückkommt, muss man sie unter Polizeischutz stellen.«

»Weil die Fans sie sonst umbringen würden?«

»Klar.« Für einen Augenblick fühlte ich mich als Argentinierin. Dieses herrliche Land, all die Verrückten! Ich würde meine Eltern bitten, mich bei meinen Großeltern in Buenos Aires leben zu lassen. Oder bei meinem schwulen Onkel Sergio, dem Bauunternehmer. Sie würden mich hier nicht groß vermissen; sie sahen mich ja sowieso kaum. Doch dann kam die nächste Frage, und da war der Anfall schon wieder vorbei.

Dann kam der berühmte Samstag. Mademoiselle hatte sich ein Dutzend Mal umgezogen und sich schließlich auf meinen Rat hin für Jeans und eine wie ein Herrenhemd geschnittene weiße Bluse entschieden. Sie durfte auf keinen Fall noch auffallender wirken, als sie es ohnehin war. Die Beule auf ihrer Stirn war zu einem rotbraunen Fleck zusammengeschrumpft. Das sah zwar scheußlich aus, doch man bemerkte es erst, wenn man vor ihr stand.

Das kleine und hauptsächlich von Südamerikanern und Europäern frequentierte Fußballstadion, dessen Name mir entfallen ist, lag etwas außerhalb. Mein Vater hatte darauf bestanden, dass Leopold uns hinfuhr und auf dem Parkplatz auf uns wartete. Falls Kowalski Mademoiselle nach dem Spiel zu irgendetwas einlud, würde ich mich verabschieden und allein nach Hause fahren.

Er erwartete uns an der vereinbarten Stelle und hatte einen Freund dabei, mit dem er offensichtlich immer zum Fußball ging, einen stämmigen Schwarzen mit einem Bart, der schon zur Hälfte ergraut war. Ein Kollege, sagte Kowalski, jedoch auf der Wache in Foggy Bottom beschäftigt, dem Viertel, in dem er wohnte. Er nannte ihn Adair und erklärte auch gleich warum: weil es keinen Brand gebe, bei dem er keinen Rat wisse – wie Adair eben, der richtige. Mademoiselle und ich nickten verständig, aber gehört hatten wir bisher weder von einem richtigen noch von einem falschen Adair. Wie ich später herausfand, war der echte Adair, sein Vorname war

Red, *der* Feuerwehrmann der Vereinigten Staaten. Bei einem wirklich schwierigen Brand wurde immer Red Adair eingeflogen, und der fand auch immer eine Lösung. Doch natürlich war auch dieser falsche Adair sofort von Mademoiselle hingerissen. Die Beule schien ihn nicht im Geringsten zu stören.

Die Karten hatte Kowalski besorgt, und es waren gute Plätze. Wir setzten uns – Mademoiselle und ich zwischen die beiden Herren, wobei wir es so einrichten konnten, dass Mademoiselle neben Kowalski zu sitzen kam. Die Männer erklärten uns die Eigenheiten der Mannschaften: Das Spiel ging gegen den SC Brooklyn, und natürlich hofften sie auf einen Sieg des SC Washington, obwohl der bisher gegen Brooklyn noch nie gewonnen hatte.

Und dann begann das Spiel. Wir hatten lange beraten, wie Mademoiselle sich verhalten sollte. Auf keinen Fall sollte sie zu viel Aufregung zeigen, das verriet nur den Neuling. Hie und da ein kleiner Aufschrei, wenn die eigene Mannschaft in Gefahr geriet, zur Sicherheit aber stets ein wenig nach den anderen. Und die »eigene« Mannschaft hatte selbstverständlich die von Kowalski zu sein. Das wusste ich von meinem argentinischen Großvater: Kein Mann kann es ertragen, wenn neben ihm irgendjemand für die Gegenseite brüllt. Bei einem Tor der eigenen Mannschaft durfte man natürlich jubeln, bis man heiser war.

Bis zur Halbzeit lief es ausgezeichnet; mein Unterricht war offenbar außerordentlich effizient gewesen. Wenn Mademoiselle eine Gemütsbewegung zeigte, war sie verhalten und kam genau an der richtigen Stelle. Zuweilen fragte sie Kowalski nach Einzelheiten über einen Spieler, der sich gerade besonders hervorgetan hatte. Doch dann wurde sie von Minute zu Minute leichtsinniger. Sie hielt die Jeansbeine wie zufällig ein wenig gespreizt, sodass ihr rechter Schenkel ganz beiläufig an dem Kowalskis lag. Ich musste an Mr. Pilgrim denken – den hätte man wegen so was ins Gefängnis gesteckt. Einmal, es war bereits gegen Ende der ersten Halbzeit, blieb mir fast das Herz stehen, weil sie ganz deutlich Foul schrie, und zwar vor allen anderen. Aber es war tatsächlich ein Foul gewesen – eine halbe Sekunde nach ihrem Aufschrei zog der Schiedsrichter die gelbe Karte, und ein Junge, der vor uns saß, blickte sich bewundernd nach ihr um.

Dann kam die Pause, und Mademoiselle stand auf, um für uns alle Eis zu besorgen. Die beiden Männer unterhielten sich über einen Brand, der am Tag zuvor in einem Hochhaus in Chicago gewütet hatte. Es klang ziemlich erschreckend, und darum fragte ich den falschen Adair, ob Feuerwehrleute denn keine Angst hätten, in einen solchen Löscheinsatz zu gehen. Im Gegenteil, sagte er, man habe immer Angst. Er sei ein Jahr lang im Koreakrieg gewesen, doch im Vergleich zu einem richtigen Großbrand seien das »peanuts«. Mir fiel auf, dass er vom Feuer wie von einem Menschen sprach: »Es sind seine Tricks, Kind, verstehst du? Dauernd spielt es mit dir. Es kann durch das engste Loch kriechen oder plötzlich ein paar Stockwerke nach oben springen. Es geht durch Fenster ein und aus, als sei das gar nichts, und wenn es will, schafft es einen Aufzugschacht in Sekunden, und das, ohne eine Spur zu hinterlassen!«

Ich fand ihn nett, den falschen Adair. Und für ein paar Augenblicke fand ich auch Kowalski nett, weil er sich einen wie den ausgesucht hatte, um zum Fußball zu gehen. Zum Fußball kann man nicht jeden mitnehmen, hat mein Großvater – der argentinische – immer gesagt. Den falschen Adair hätte er bestimmt mit zum Fußball genommen.

Doch nach der Pause passierte es dann: Der Ball war im Tor, und Mademoiselle warf sich Kowalski jubelnd und strampelnd in die Arme.

Der schob sie behutsam von sich weg: »Das war ein Tor für die andern.«

»Aber wieso denn? Der Ball war doch im Netz!«

»Das ist schon richtig. Aber hier bei uns haben die Mannschaften diese blöde Angewohnheit, nach der Pause die Seiten zu wechseln.«

Ich wäre am liebsten im Erdboden versunken! Denn natürlich war das allein meine Schuld: Jeden Dreck hatte ich ihr erklärt, doch dass die Mannschaften nach der ersten Halbzeit die Seiten wechseln, hatte ich vollkommen vergessen.

Ich weiß nicht, wie Kowalski sich diesen Lapsus erklärt hat. Vielleicht meinte er, Mademoiselle habe gewusst, dass es ein Tor des Gegners war, und habe ihr Versehen nur gespielt, um eine Ausrede zu haben, ihm um den Hals zu fallen. Denn sogar er durfte inzwischen gemerkt haben, dass sie es auf ihn abgesehen hatte – weder Adair noch ich schienen für sie zu existieren.

Doch irgendwie ging es dann trotzdem gut. Vielleicht war ihm die Umarmung weniger unangenehm gewesen, als ich dachte. Zum Teil lag es wohl auch an der Spielentwicklung, denn in den letzten dreißig Minuten gelang es dem SC Washington entgegen aller Erwartung, noch zwei Tore zu schießen. Und natürlich fiel sie ihm dabei nicht wieder um den Hals. Bei Spielende waren er und sein Freund jedenfalls hochzufrieden. Adair verstieg sich sogar zu der Feststellung, dieses Spiel werde Geschichte machen.

»Das sind wir!«, sagte Mademoiselle. »Wir sind Glücksbringer, nicht wahr, Carlitos?«

»Dann brauchen wir euch am übernächsten Samstag aber unbedingt. Da steht uns nämlich der FC Boston ins Haus, und gegen den haben wir seit 1952 kein Tor mehr gemacht.« Es war Kowalski, der das sagte. Nicht zu fassen!

Mademoiselle fragte, ob sie ihn und seinen Freund zu einem Drink einladen könne. Schließlich habe er die teuren Karten besorgt. Doch er meinte, das sei schon in Ordnung, und leider habe er jetzt ohnehin zu tun. Und der in Sachen Feuer so unschlagbare Adair war offenbar zu schüchtern, um es mit Mademoiselles Schönheit allein aufzunehmen.

Es folgten zwei Wochen allerreinsten Glücks. Für Mademoiselle, meine ich, denn für mich war die Sache eher strapaziös. Wenn ich ehrlich bin, muss ich sagen, dass ich lieber noch ein Feuer angezündet hätte, als Mademoiselle in diesem Zustand zu ertragen. Wegen des Chauffeurs hatte sie sich auf der Rückfahrt vom Stadion noch vergleichsweise beherrscht gezeigt, doch sobald wir daheim waren und die Haustür hinter uns geschlossen hatten, brach es aus ihr heraus: »Er will mich wiedersehen! Er will mich wiedersehen, Carlitos, hast du das gehört? Ich bringe ihm Glück!«

»Wir bringen ihm Glück«, korrigierte ich. »Uns will er wiedersehen!«

»Aber das hat er doch nur gesagt, um es mir nicht zu leicht zu machen. Nicht dass du meinst, dass ich denke, er könne dich nicht leiden. Einer, der dich nicht leiden kann, müsste schon debil sein. Aber du bist ein Kind. In Wirklichkeit hat er mich gemeint.«

Na schön. Schließlich hatte sie mit Männern Erfahrung und ich nicht. Außerdem konnte es mir wirklich egal sein, ob mich dieser Feuerlöscher wiedersehen wollte.

»Natürlich musst du in vierzehn Tagen trotzdem mitkommen zum Spiel. Er könnte sonst meinen, ich hätte es auf ihn abgesehen.«

Du lieber Himmel, wenn er das noch immer nicht gemerkt hatte, war er wirklich schwer von Begriff!

»Regel Nummer eins. Du erinnerst dich?«

Ich schon.

Und so ging es zwei geschlagene Wochen lang weiter: »Hast du gesehen, wie er mich angeschaut hat, als ich ihm bei dem Tor versehentlich um den Hals gefallen bin? Ich sage jetzt nicht, dass er schon in mich verliebt ist. Aber er hat eindeutig Feuer gefangen!« Der Ausdruck amüsierte sie dermaßen, dass sie ihn gleich noch ein paar Mal wiederholte: »Ein Feuerwehrmann, der Feuer fängt, ist das nicht komisch?«

An ihre Freundinnen in Biarritz ließ sie eine ganze Lawine Postkarten los, und auf jeder stand auf die eine oder andere Weise, wie schön es in Amerika sei. Und erst die Männer! Welch ein Glück, dass sie diesen Kowalski nicht zu Gesicht kriegen, dachte ich. Jede von ihnen bekäme ein paar Dutzend Gähnanfälle.

An einem dieser Abende fand ich sie am Swimmingpool. Sie ließ die perfekten Beine im Wasser baumeln und hielt eine ihrer französischen Zündholzschachteln in der Hand, an deren Reibfläche sie am laufenden Band neue Hölzchen wetzte: »Il m'aime ... Il ne m'aime pas ...« Bei »Er liebt mich« entzündete sich das Streichholz immer, und sie warf es mit einem glücklichen Auflachen ins Becken. Bei »Er liebt mich nicht« wendete sie so wenig Kraft an, dass das Streichholz gar nicht aufflammen konnte, worauf sie es voller Verachtung hinter sich warf. Einmal entzündete sich eins der Er-liebt-mich-nicht-Hölzer mit etwas Verzögerung doch und entflammte im Bambuswäldchen hinter ihr ein trockenes Blatt. Obwohl ich barfuß war, trat ich es sofort aus, denn ein fünftes Feuer konnten wir nun wirklich nicht gebrauchen.

Mademoiselle drehte sich um: »Carlitos, was machst du denn da im Gebüsch? Ich dachte, du schläfst schon?«

Gegen Mitte der ersten Woche hatte sie plötzlich den Wunsch, an Mr. Pilgrims Grundstück vorbeizugehen, um nachzuschauen, was aus der Brandstelle geworden war. Doch sämtliche Spuren waren bereits beseitigt – wo der Pavillon gestanden hatte, war jetzt eine penibel gesäuberte graue Fläche. Lediglich die verrußte Außenwand von Mr. Pilgrims Wohnhaus erinnerte an die Katastrophe.

»Das ist aber schnell gegangen«, sagte Mademoiselle. Sie klang fast ein bisschen enttäuscht.

Ich war eher erleichtert: »Wahrscheinlich war er gut versichert. Da stellt er jetzt natürlich so rasch wie möglich einen neuen Pavillon auf. Wenn's ein vorfabrizierter ist, sind sie vielleicht schon in einer Woche fertig.«

»Damit er gleich wieder anfängt? Nein, so leicht kommt dieser Herr uns nicht davon! Dieses Feuer ist im Gegensatz zu den anderen eine gerechte Sache gewesen, vergiss das nie!«

»Aber ich gehe doch sowieso nicht mehr hin. Ich glaube, dass ich lieber Geigenstunden nehmen möchte.«

»Geigenstunden?«

»Find' ich tausendmal interessanter.«

»Geigenstunden! Meine jüngste Schwester nimmt Geigenstunden. Wenn sie übt, laufen wir alle mit Ohrstöpseln herum.«

»Also ich fänd's Spitze.«

»Na schön. Wahrscheinlich bin ich ganz einfach unmusikalisch. Genau wie er. Country-Songs! Das hat er doch gesagt, oder?« Sie lächelte selig.

Trotzdem ließ sie sich nicht davon abbringen, Mr. Pilgrim einen zusätzlichen Denkzettel zu verpassen. Unsere Tat dürfe nicht umsonst gewesen sein, ich müsse doch an die anderen Schüler denken.

»Vielleicht hat er's ja nur mit mir gemacht. Einmal hat er gesagt, ich sei die Einzige, die wenigstens eine Ahnung davon hätte, worum es sich bei Musik handelt.«

»Und darum hat er dich begrapscht? Weil du so schön Klavier spielen kannst? Mais comme tu es naïve!«

Zu Hause formulierten wir dann drei Sätze. Mademoiselle zog sich ihre eleganten schwarzen Lederhandschuhe an und tippte sie auf der Schreibmaschine meines Vaters auf ein neutrales Blatt: DU DRECKIGES ALTES SCHWEIN. DIESES FEUER WAR EINE WARNUNG. DAS NÄCHSTE MAL BRINGEN WIR DICH VOR GERICHT.

»Wenn er's nur mit mir gemacht hat, weiß er jetzt, wo die Brandstifter sitzen«, gab ich zu bedenken.

»Er hat es nicht nur mit dir gemacht. Und falls ja, wird er sich hüten, zur Polizei zu gehen.«

Sie beschriftete einen Umschlag mit Mr. Pilgrims Adresse, steckte das Blatt hinein und klebte eine Briefmarke darauf. Ich erbot mich, den Brief sofort einzuwerfen, und ging dann auch tatsächlich die paar hundert Meter bis zum Briefkasten. Doch dort zerfetzte ich ihn in tausend Stücke, die ich auf dem Heimweg wie Hänsel und Gretel ihre Brotstückchen aufs Trottoir fallen ließ. Verneigt habe ich mich in diesem Fall aber nicht: Um zu entscheiden, wo hier Recht und Unrecht lagen, hätte ich ja zunächst einmal Mr. Pilgrims persönliches Filmband einsehen müssen. (Heute denke ich darüber natürlich ein wenig anders: Es handelte sich immerhin um eine höchst problematische Schwäche.)

Als ich zurückkam, saß Mademoiselle noch immer an der Schreibmaschine, nun allerdings ohne Handschuhe: »Komm her«, sagte sie. Sie hatte ihren künftigen Namen getippt, und zwar in zwei Versionen. Das eine Blatt trug die französische Fassung: Madame Catherine Kowalski. Auf dem anderen stand die amerikanische: Mrs. Nikolas Kowalski.

»Was gefällt dir besser?«

Ich machte ein Geräusch, als ob ich mich übergeben müsse: »Niemals!«

»Niemals was?«

»Ich würde nie den Namen eines Mannes annehmen. Nicht einmal unter Folter.«

Mademoiselle lächelte verzeihend: »Das werden wir dann schon sehen.«

Tag für Tag musste ich in diesen vierzehn Tagen mit ihr an dem Friseursalon der esoterischen Luisita vorüber, wobei sie das Tarotplakat stets aufs Neue amüsierte: »Pauvre imbécile!«

Einmal stand die Rivalin höchstpersönlich in der Tür, direkt neben ihrem Plakätchen, und natürlich wieder einmal als Inderin verkleidet. Als sie freundlich zu uns herüberwinkte, strich ich mir anerkennend über meine verpatzte Frisur.

»Spitze!«, rief ich zu ihr hinüber.

»Danke!«, rief sie zurück. Keine Spur von Selbstkritik. Man konnte meinen, sie habe mit ihrer Kreation den ersten Preis bei einem Wettbewerb der Washingtoner Friseurinnung gewonnen.

»Eigentlich tut sie mir leid«, sagte Mademoiselle.

»Sie tut Ihnen leid?«

»Nun, er wird sie verlassen. Aber im Grunde ist das natürlich das Beste, was ihr passieren kann.«

»Warum ist es das Beste?«

Sie seufzte: »Er ist Katholik, du hast es doch gehört.«

»Seine Eltern sind Katholiken«, korrigierte ich.

»Das ist dasselbe, eine Religion kriegst du nie wieder aus dem Blut. Und sie hat's eindeutig mit der Esoterik. Im Grunde braucht sie einen, der an den Astralleib glaubt.«

»Aber solche Männer gibt's doch nicht, sagen Sie.«

»Irgendein Kerlchen wird sich schon für sie finden.«

Hochmut kommt vor dem Fall, pflegte meine österreichische Großmutter zu sagen – und manche Menschen fallen so schnell, dass sie zu fliegen glauben. Auch hier war der Absturz vorprogrammiert. Und aus welcher Höhe, du lieber Himmel!

Denn nun kam der bewusste Samstag, und da Mademoiselle sich ihrer Sache dermaßen sicher war, ließ sie jede Vorsicht außer Acht und machte buchstäblich Fehler auf Fehler. In der Fußballersprache würde man sagen, dass sie alle ihre Talente dazu benutzte, um mit Bravour ein Eigentor zu landen.

Das fing schon bei der Auswahl der Garderobe an. Anstatt bei den bewährten Jeans zu bleiben, griff sie diesmal nach einem Kleid. Einem roten Kleid! Es war zwar schlicht geschnitten und zumindest vorn keineswegs allzu dekolletiert. Doch ihren herrlichen Rücken bedeckten lediglich zwei schmale überkreuzte Träger, und der Rock war so kurz und anliegend, dass einem keine ihrer sensationellen Kurven verborgen blieb.

In der Zeit am Pool hatte ihre Haut einen bronzenen Farbton angenommen, der die kieselsteingrauen Augen noch mehr zum Leuchten brachte. Sie trug keinerlei Makeup – wozu auch? –, und natürlich war unterdessen auch die Beule verschwunden. Kurz, Mademoiselle war schöner denn je, und diesmal wusste sie's nicht nur, sondern wollte es auch.

»Falsch«, sagte ich, als sie vor der Abfahrt zur Begutachtung vor mir auf und ab schritt.

»Was ist falsch?«

»Alles. Sie haben doch selbst gesagt, dass er sich vielleicht vor Ihrer Schönheit fürchtet.«

»Tempi passati!« Sie lachte übermütig. »Inzwischen hat Monsieur Feuer gefangen, und auf dieses Feuer werde ich heute Öl gießen. Es soll lodern!«

Wieder fuhren wir mit Leopold zum Stadion. Meine Eltern waren unterdessen in die Sommerferien aufgebrochen, in die Hamptons diesmal, wo sie mit zwei befreundeten Paaren ein Cottage am Strand gemietet hatten. Natürlich hätte ich mitkommen sollen, doch in dem Fall hätte man auch Mademoiselle einladen müssen, und wer sie einmal im Bikini gesehen hatte, konnte sich leicht die Verheerung vorstellen, die sie in zwei Wochen im Leben von drei Ehepaaren anrichten würde. So war man denn ganz zufrieden, mich unter ihrer Obhut in Washington zurückzulassen. Außerdem wussten meine Eltern, dass ich mir aus Ferien am Strand ohnehin nichts machte. Dauernd war man voller Sand und Mückenstiche.

Diesmal waren wir vor Nick Kowalski an Ort und Stelle, und bis er eintraf, war genau das geschehen, was ich befürchtet und Mademoiselle wohl beabsichtigt hatte: Um uns herum hatte sich ein Kreis männlicher Bewunderer gebildet, die es offenbar in keiner Weise eilig hatten, ins Stadion zu kommen. Ob sie neugierig auf den Mann waren, der das Glück hatte, mit einem Geschöpf wie diesem zum Fußball zu gehen? Und als Kowalski schließlich eintraf und es deutlich wurde, dass er derjenige war, auf den sie gewartet hatte – sie begrüßte ihn mit ihren zwei französischen Wangenküsschen –, wurde er mit ein paar ironischen Pfiffen empfangen. Zu allem Unglück war der falsche Adair diesmal nicht dabei, der die Sache vielleicht gerettet hätte. Wegen der in Florida seit Tagen wütenden Waldbrände hatte man ihn als Berater in den Süden beordert.

Wir gingen also zu dritt ins Stadion, wobei Mademoiselle überall mit anerkennenden Pfiffen gewürdigt wurde. Doch sie hatte noch immer nichts begriffen, ging sogar so weit, Kowalskis Arm zu nehmen. Er konnte doch stolz sein auf die Frau, die ihn begleitet, nicht wahr?

Wir setzten uns. Mademoiselle zuerst, dann schob Kowalski energisch mich in die Reihe, sodass ich schließlich wie ein Puffer zwischen ihnen saß. Und noch immer kapierte sie nichts, denn nun begann sie über meinen Kopf hinweg hemmungslos mit ihm zu flirten. Sie fragte ihn nach seiner Arbeit, seinen Tauben. Sagte, dass sie in den vergangenen zwei Wochen mehrmals an ihn gedacht habe.

»Wieso das?«, fragte er in einem Ton, den ich sofort als abweisend identifizierte, den sie aber offenbar für besonders männlich hielt.

»Keine Ahnung«, sagte sie lachend. »Einfach so.«

Der SC Washington spielte miserabel. Am Ende der ersten Halbzeit hatte die Gegenseite fünf Tore geschossen und Kowalskis Mannschaft kein einziges. Mademoiselle hatte sich bei ihren Zurufen mehrmals vergriffen – wahrscheinlich meinte sie auch, es komme jetzt nicht mehr so sehr darauf an. Als die Pause kam, sagte ich, ich müsse dringend zur Toilette und Mademoiselle müsse mitkommen, das sei leider notwendig. Sie erhob sich unwillig und folgte mir.

»Bist du verrückt?«, zischte sie, als wir außer Hörweite waren.

»Ich muss mit Ihnen sprechen!«, zischte ich zurück. Doch als wir die Toilette gefunden hatten, war es dort derart überfüllt, dass ich sie wieder hinauszog. Und da erwartete uns Nick Kowalski.

Ich sehe die Szene noch, als sei sie erst gestern passiert: rechts die rosa gestrichene Wand der Damentoilette, links die himmelblaue, hinter der sich die Toilette der Herren befand. Dazwischen Nick Kowalski, der sich eine Zigarette angezündet hatte. Es war das erste Mal, dass ich ihn rauchen sah. Er hielt sein Päckchen Mademoiselle hin, doch sie lehnte ab.

»Ich muss mit Ihnen sprechen«, sagte er ernst.

Mademoiselle blickte erheitert von ihm zu mir: »Ist das ein Komplott?« Und als ich den Kopf schüttelte, wieder zu ihm: »Gleich hier? Zwischen den Toiletten?«

Er lachte nervös. »Ein Ort ist so gut wie der andere. Und es ist auch ganz schnell vorbei.«

Ich wollte mich aus dem Staub machen, doch er hielt mich am Ellbogen fest: »Du kannst ruhig bleiben. Ich habe nicht den Eindruck, dass ihr beide Geheimnisse voreinander habt.«

Mademoiselle zündete sich nun eine von den eigenen Zigaretten an: Gauloises, Streichhölzer, offenbar hatte sie beides die ganze Zeit in der Hand gehalten. »Also?« Sie blies den Rauch zu ihm hin, als wolle sie ihn damit streicheln. Wahrscheinlich erwartete sie mindestens einen Heiratsantrag oder dergleichen.

»Ich weiß nicht«, begann Kowalski zögernd. »Ich kann mich irren, wissen Sie? In diesem Fall muss ich Sie jetzt schon hundert Mal um Entschuldigung bitten. Denn im Grunde ist das, was ich Ihnen sagen will, absurd. Ich meine, so wie Sie aussehen und so weiter. Es gibt wahrscheinlich in diesem ganzen Stadion keinen Kerl, den Sie nicht haben könnten.«

»Es ist nicht zu fassen«, Mademoiselle lächelte, »der Captain macht mir ein Kompliment!«

»Das lag nicht in meiner Absicht«, entgegnete er, jetzt ganz ruhig. »Ich würde sogar sagen, dass es sich irgendwie um das Gegenteil handelt. Und wie gesagt, ich kann mich irren. Doch ich habe den Eindruck ...«

»Sie haben den Eindruck ...?«

»Ich habe den Eindruck, Sie laufen mir nach.«

Ich hatte mit einem Schlag gerechnet, aber nicht mit einem von solcher Brutalität. Mademoiselle hatte mit gar nichts gerechnet. Sie stand einfach da und starrte ihn an.

»Und falls es so wäre ... Wie gesagt, ich will es

nicht behaupten, denn warum sollten Sie ausgerechnet mich ...«

»Wo ich doch das ganze Stadion haben könnte«, ergänzte Mademoiselle. »Einschließlich der beiden Mannschaften, nicht wahr?« Ihre Stimme klang weder ironisch noch verletzt. Eher tonlos.

»Eben. Ich stelle mir vor, dass das irgendein Spielchen ist. Vielleicht habt ihr beide miteinander irgendeine dumme Wette abgeschlossen. Dazu würde auch passen, dass Sie ein bisschen wenig von Fußball wissen. Ich meine Sie, nicht die Kleine.« Er blickte zu mir, dann wieder zu Mademoiselle. Und von ihr kam jetzt eine Antwort, mit der wiederum er nicht gerechnet hatte.

»Ich liebe Sie«, sagte Mademoiselle. Sie sagte es mit solcher Schlichtheit, solchem Ernst, dass es Kowalski die Sprache verschlug.

Ich hatte die Augen geschlossen, als könne ich die Sache auf diese Weise ungeschehen machen, doch jetzt sah ich zu ihr hoch: Mademoiselle stand sehr aufrecht und blickte ihm direkt in die Augen. Nie wieder habe ich eine Frau so bewundert wie diese schöne Französin, der man in einem amerikanischen Fußballstadion zwischen zwei Toiletten ein Messer ins Herz gestoßen hatte.

Endlich fand Kowalski seine Sprache wieder: »Sie lieben mich?«, wiederholte er.

»Schon seit Weihnachten, ja. Seit Sie zum ersten Mal in die Olive Street gekommen sind. Der Weihnachtsbaum. Sie erinnern sich?«

Es entstand eine weitere Pause.

»Nun ja, aber ich liebe Sie nicht.«

Mademoiselle lächelte tapfer. »Weil Sie eine wie mich gar nicht lieben könnten?«

»Das habe ich nicht gesagt.«

»Weil es eine andere gibt?«

Wieder entstand eine Pause. »Ja.«

Mademoiselle drückte mit dem Fuß ihre Zigarette aus. Erst jetzt sah ich, dass sie zu allem Überfluss auch noch Stöckelschuhe trug. »Darf man fragen, wer die Glückliche ist? Ist es die esoterische Friseuse?«

Es dauerte einen Augenblick, bis er sich orientiert hatte: »Ja.«

»Und die lieben Sie.« Es war eine Feststellung, keine Frage, und sie sagte es nicht herablassend, Gott sei Dank.

»Lieben, lieben ... Wer weiß schon so genau, was das ist? Es ist eine feste Beziehung, die schon fünf Jahre dauert. Da kann man doch nicht bei der erstbesten ...« Er merkte, dass er das Falsche gesagt hatte, und zuckte hilflos mit den Schultern: »Sie hilft mir mit den Tauben.«

»Natürlich«, sagte Mademoiselle. Sie hatte sich hinter mich gestellt und beide Arme um mich geschlungen. Es war, als ob sie sich an mir festhalten wollte. Ich spürte, dass sie am ganzen Leib zitterte.

Und plötzlich ergriff mich eine Wut, wie ich sie bis dahin noch nie erlebt hatte. Ich riss mich von Mademoiselle los, war mit einem Satz bei Kowalski und begann mit beiden Fäusten auf ihn einzuschlagen.

»Carlitos!«, rief Mademoiselle und versuchte, mich von ihm wegzureißen. »Carlitos, hör auf!«

Doch ich trommelte nur umso verrückter und begann nun auch noch zu schreien: »Sie Esel! Sie Fettwanst! Sie mickriger kleiner Feuerlöscher! Haben Sie schon mal in den Spiegel geschaut, Sie glatzköpfige Null? Wie können Sie sich einbilden ... Wie können Sie sich einbilden ...«

Es wäre für Kowalski eine Kleinigkeit gewesen, mich zu bändigen. Ein Handgriff hätte genügt. Doch er ließ mich einfach auf sich einschlagen, wehrte sich nicht. Und vielleicht war es das, was mich schließlich zur Besinnung kommen ließ. Jedenfalls wandte ich mich ab und drückte mein Gesicht gegen den rauen Verputz der himmelblauen Toilettenwand, wo ich nun so hemmungslos zu schluchzen begann, wie ich vorher auf ihn eingeschlagen hatte. Kowalski trat zu mir und legte seine große Hand auf mein Stachelhaar: »Ist schon gut, Küken«, sagte er leise. »Ist gut jetzt, okay?«

Mademoiselle berührte mich sanft an der Schulter: »Komm jetzt, Carlitos ... Komm, wir gehen zum Auto.«

Ich weiß nicht, ob sie ihn noch einmal angesehen hat, meine Augen waren ja blind vor Tränen. Und wohl auch darum nahm sie mich jetzt bei der Hand und führte mich durch die um uns versammelten Gaffer hindurch zum Ausgang. Hinter uns schrillte die Klingel zur zweiten Halbzeit. Der Höllenflug Mademoiselles hatte genau fünfzehn Minuten gedauert.

Eine Weile fuhren wir schweigend.

»Eh bien«, sagte Mademoiselle schließlich. »Mister Nikolas Kowalski. Fin de ce chapitre.«

»Over and out«, ergänzte ich. Und als sie darauf nichts sagte: »Fliegersprache.«

»Ja, vielleicht sollte ich mir das nächste Mal einen Piloten aussuchen. Da braucht man dann am Ende nur einen einzigen Satz.«

Ich versuchte, Kowalskis Akzent nachzuahmen: »Ich weiß nicht, ob ich mich irre, Miss. Ich meine, ich will sagen ... Sie könnten ja schließlich jeden haben!«

Ich hatte gehofft, sie mit meiner Imitation zum Lachen zu bringen, doch sie schob lediglich die Trennscheibe zum Fahrer zu: »Weißt du was? Man sagt immer, dass der Verlierer der ist, der verlassen wird. Doch ich frage mich, ob das stimmt. Tatsache ist, dass ich ihn liebe und er mich nicht. Ich habe also immerhin ein Gefühl, und was für eins! Und was hat er?«

»Gar nichts.«

»Genau. Wer ist also der, den man hier bedauern sollte? Wer ist der Verlierer?«

»Er«, sagte ich.

»C'est ça!«, sagte Mademoiselle. Und nach einer Pause: »Ich weiß noch, wie uns ein Lehrer einmal gefragt hat, was uns lieber wäre: lieben oder geliebt zu werden. Die ganze Klasse, einschließlich der Jungen, hat sich fürs Geliebtwerden entschieden. Ich war als Einzige für das Lieben.«

Das war nun wirklich kein Kunststück: wahrscheinlich waren in dieser Klasse sowieso alle Jungen in sie verliebt. In mich war nicht einmal der picklige Ken Fulder verliebt, und der war nun wirklich die allerletzte Wahl.

Wieder war es lange Zeit still. »Mein Gott, soll er doch glücklich werden mit seinem Friseuschen!«, rief sie plötzlich.

»Seinem schäbigen Hündchen!« Ich weiß nicht, warum mir auf einmal nach Kichern zumute war, doch ich kicherte einfach drauflos.

»Mit seinem schäbigen Hündchen, jawohl!« Seltsamerweise begann nun auch sie zu kichern. »Wenn sie nur nicht so vulgär wäre. Da hätte ich ihm wirklich einen besseren Geschmack zugetraut. Weißt du, wie die für mich aussieht?«

»Na, wie ein schäbiges Hündchen eben.« Ich kicherte immer noch.

»Nein, für mich sieht die genauso aus, wie sich ein kleiner Spießer eine Femme fatale vorstellt. Und schließlich ist er ein kleiner Spießer. Du darfst nicht vergessen, dass er auf seiner Dachterrasse Brieftauben züchtet. Was haben wir heute, Samstag? Da sitzen sie heute Nacht sicher miteinander auf dem Dach und suchen den Himmel nach Ufos ab.«

»Und wenn sie eins entdecken, schicken sie ihm

eine Brieftaube entgegen. Eine Brieftaube mit einem Brief im Maul.«

»Im Schnabel«, kicherte Mademoiselle. »Bei Tauben heißt es Schnabel.«

»Hallo, ihr Außerirdischen! Hier warten zwei Astralleiber auf den Abflug ins Weltall! ... Und wenn die sie nicht holen kommen, wissen Sie, was sie dann machen?«

»Was?«

»Dann fliegen sie miteinander nach Indien, weil nämlich die Maharani für ihre Hochzeitsnacht unbedingt einen neuen Sari braucht.«

»Falsch«, sagte Mademoiselle. »Die Esoteriker haben gar keine Hochzeitsnacht. Die setzen nämlich alles dran, um ihre sexuelle Energie in spirituelle umzuwandeln.«

»Sie meinen, die schlafen nicht miteinander?«

»Ein bisschen Schnäbeln vielleicht. Aber höchstens einmal im Monat. Sie hilft ihm bei den Tauben, du hast's doch gehört!« Sie schüttelte sich vor Lachen.

Ich habe dieses Gespräch im Auto nur darum so ausführlich geschildert, weil ich zeigen wollte, wie wenig ich mit dem rechnen konnte, was dann in der Nacht geschah. Irgendwie dachte ich: Schön, das war ein Schock für sie, aber jetzt ist sie wenigstens ein für alle Mal von diesem Kerl geheilt. So rasch, wie sie von dieser Leidenschaft befallen wurde, ist sie auch wieder davon genesen.

Ich war in unserem Haushalt die Einzige, deren Zimmer zur Straße lag. Irgendwann hörte ich in dieser Nacht, wie das Garagentor hochgeschoben wurde. Das ging bei uns manuell. Wir waren in der ganzen Gegend die Einzigen, die ihre Garagentore noch immer von Hand öffnen mussten – mein Vater hörte nicht auf, sich über diese Unbequemlichkeit aufzuregen. Jedenfalls wusste ich also sofort, dass das nur unsere Garage sein konnte, und schlich mich zum Fenster. Im hellen Mondlicht spazierte Mademoiselle aus der Garage heraus und überquerte die Straße. In der Rechten hielt sie etwas, an dem sie offenbar schwer zu tragen hatte: einen Benzinkanister, kein Zweifel. In der Linken trug sie einen länglichen Gegenstand, der einem Wagenheber ähnelte. Ich lief, so wie ich war, barfuß und im Pyjama, aus meinem Zimmer. Als ich aus der Haustür kam, war sie bereits verschwunden. Doch ich kannte ja ihr Ziel.

Und tatsächlich: Sobald ich in die Neunundzwanzigsten Straße einbog, erblickte ich sie keine zwanzig Meter vor mir. Sie ging weder schnell noch langsam und sah sich kein einziges Mal um. Sie ging, als sei es helllichter Tag und sie lediglich unterwegs, um für die Familie Brot zu besorgen.

Warum habe ich sie nicht aufgehalten? Warum habe ich nicht einmal versucht, sie zur Besinnung zu bringen? Weil ich wusste, dass ich ohnehin keinen Erfolg haben würde? Oder weil ich von vornherein gar nicht wollte, dass sie zur Besinnung kommt?

Und wenn dies so war, warum wollte ich es dann nicht? Hatte ich mich bereits so sehr mit ihr identifiziert, dass auch ich das Bedürfnis empfand, diese esoterische Luisita zu bestrafen? Bestrafen wofür? Diese aus Indien reinkarnierte Mexikanerin hatte doch keine Ahnung, dass sie Mademoiselle im Weg war. Kowalski war kein Schwätzer, und deshalb hatte sie von deren Besessenheit vermutlich nicht die geringste Ahnung.

Oder war es das Feuer selbst, nach dem es mich in jener Nacht gelüstete? Hatten mich unsere vier Brände süchtig nach einer Fortsetzung gemacht? Bestimmt hätte ich eingegriffen, wenn ich geglaubt hätte, in Luisitas Häuschen könne sich irgendein Lebewesen befinden. Doch falls sie ein Haustier hatte, wäre es an jenem Nachmittag, an dem ich meine Zöpfe opferte, ganz bestimmt mit ihr im Salon gewesen. Auf mich wirkte sie wie eine, die sogar ihren Papagei mit ins Bett nehmen würde. Und sie selbst war in Sicherheit, weil sie samstagnachts immer bei Kowalski war. Wenn es schon sein musste, war dies der perfekte Zeitpunkt. Ich beschleunigte meine Schritte. Meine Begeisterung war inzwischen so groß, dass ich sogar vergaß, mich für mein Filmband zu verneigen.

Jetzt war Mademoiselle am Haus ihrer ahnungslosen Rivalin angelangt. Ohne nach links oder rechts zu sehen, näherte sie sich der Glastür und schlug mit dem Wagenheber die Scheibe ein, direkt neben dem Türgriff. Das Klirren der Scheibe schien keiner gehört zu haben; in den Häusern der Nachbarschaft blieb alles dunkel. Mademoiselle schob ihre Hand durch das Loch und öffnete die Ladentür von innen, als hätte sie zeit ihres Lebens nichts anderes getan. Dann nahm sie den Benzinkanister und trat ein. Ich sah noch, wie sie das verhasste Tarotplakat abriss und auf die Straße schleuderte. Dann verschwand sie im Innern des Friseursalons. Vermutlich würde sie das Benzin gleichmäßig über den Teppichboden verteilen, wie wir es für den Schiffsbrand geübt hatten. Und damit fing sie zweckmäßigerweise im rückwärtigen Teil des Raums an.

Den Wagenheber hatte sie achtlos am Eingang liegen lassen. Da ich sicher war, dass sie ihn vergessen würde, ging ich hin und nahm ihn an mich. Dann zog ich mich auf die gegenüberliegende Straßenseite zurück und wartete. Sie brauchte nicht einmal drei Minuten, bis sie herauskam – ohne den Kanister natürlich – und etwas in den Taschen ihrer Jeans suchte.

Du lieber Himmel, sie wird doch ihre Streichhölzer nicht vergessen haben, dachte ich, ausgerechnet jetzt? Doch natürlich hatte sie sie nicht vergessen. Wer geht schon weg, um ein Haus anzuzünden, und lässt seine Streichhölzer daheim? Sie riss eins an und warf es durch die offene Tür in den benzingetränkten Raum. Ich glaubte schon, ich müsste sie von dort wegzerren, doch als die Flammen aufloderten, kam sie von selbst auf die andere Straßenseite. Nicht aus Angst, sondern wegen der besseren Sicht.

Sie wollte es brennen sehen! Mich hatte sie noch immer nicht bemerkt.

Es dauerte keine fünf Minuten, und der Laden der esoterischen Luisita brannte lichterloh. Wir standen beide sehr still, keine fünf Meter voneinander entfernt. Weder sie noch ich konnten den Blick von dem immer kräftiger werdenden Feuer wenden. Erst als die Scheiben mit einem riesigen Krach zu zerspringen begannen, trat ich zu ihr.

»Mademoiselle!«, rief ich leise.

Sie drehte sich zu mir um: »Carlitos?«, sagte sie freundlich. »Was machst du denn hier?«

Im rechten Nachbarhaus war ein Licht angegangen.

»Mademoiselle, da oben hat einer Licht gemacht!«

Doch sie hatte nur Augen für ihr Werk: »C'est tellement plus beau la nuit, n'est-ce pas?«

»Wir müssen hier weg!«

»Aber nein, das muss man genießen, Charlotte. Das ist ja nun ganz bestimmt unser letztes.«

»Aber er wird doch sowieso nicht kommen. Heute ist Samstag, da hat er frei!«

»Du meinst, ich hätte das Feuer für diesen fetten, kleinen Polacken gemacht? Nein, das ist ganz und gar zu meinem eigenen Vergnügen!« Sie lachte glücklich.

»Dann gehen wir jetzt! Bei diesem Mond sieht uns doch jeder!«

In der Ferne war die erste Sirene zu hören. Ich zog sie an der Hand.

»Mademoiselle, bitte! Sie kommen!«

Der erste Löschwagen bog bereits in die Neunundzwanzigste Straße ein, als es mir endlich gelang, sie auf den Fußweg zu ziehen, der hier abbog. Und von dort folgte sie mir unwillig bis zur Olive Street, sich wieder und wieder nach ihrem Feuer umsehend.

Diesmal berichteten die Zeitungen ziemlich ausführlich. Es hieß, dass sich in unserer Nachbarschaft die Brände auf seltsame Weise gehäuft hätten. Zuerst das Feuer auf der Georgetown Queen, eindeutig eine Brandstiftung mit Benzin, wie die spektrografische Analyse ergeben habe. Dann das Feuer bei dem Klavierlehrer, dessen Ursache bis heute nicht geklärt sei, doch vermutlich ebenfalls eine kriminelle Handlung. Nun dieser Totalbrand des Friseursalons in der Neunundzwanzigsten Straße, dessen Eigentümerin interessanterweise die Lebensgefährtin des Captain der örtlichen Feuerwehr sei. Selbst die Müllcontainer vom Frühjahr blieben nicht unerwähnt. Dabei sei es unmöglich, für die Brände einen gemeinsamen Nenner, geschweige denn ein Motiv zu finden. Doch da in Georgetown praktisch die gesamte Politprominenz residiere, seien auch politische Gründe nicht auszuschließen. Wahrscheinlicher sei jedoch, dass es sich um das Werk eines oder mehrerer Pyromanen handele. Nachbarn hätten bei der letzten Brandstelle eine Frau und einen etwa zehnjährigen Jungen gesehen. Harmlose Zuschauer vermutlich, die sich doch bitte bei der Polizeidienststelle melden möchten. Jeder Hinweis sei wichtig.

Ich zeigte den mit den Bildern mehrerer Brandstellen illustrierten Bericht Mademoiselle, die jedoch nur die Schultern zuckte. Ich solle mir keine Sorgen machen, falls sie je auf uns kämen, werde sie alle Schuld auf sich nehmen. Denn es sei ja tatsächlich ihre Schuld.

Aber sie kamen nicht auf uns. Ein paar Tage lang zuckte ich jedes Mal zusammen, wenn an der Haustür geklingelt wurde. Doch dann kehrten meine Eltern aus dem Urlaub zurück, braun gebrannt und überladen mit Geschenken. Mademoiselle hatten sie sinnigerweise einen Fußball mitgebracht, da sie ihr plötzliches Interesse für diesen Sport für echt gehalten hatten. Und als sie darüber in Tränen ausbrach, hielten sie diese natürlich für Freudentränen. Um die beiden nicht zu enttäuschen, ging Mademoiselle auf die Terrasse, um den Ball im Garten auszuprobieren. Doch sie tat es mit solcher Wut, dass er auf der anderen Seite des Bambuswäldchens landete. Meine Eltern applaudierten. Als ich ihn suchen ging, schwamm er im Pool. Ich fischte ihn heraus und versteckte ihn im Umkleidehäuschen, damit er ihr nie wieder vor die Augen käme.

Ansonsten war mit Mademoiselle ein Wandel vorgegangen. Anstatt sich über Kowalski lustig zu machen wie am Anfang, hob sie ihn nun wieder in den Himmel. Die Schuld an seiner Zurückweisung trage allein sie. Wenn sie sich etwas klüger verhalten hätte, hätte sie ihn ganz bestimmt bekommen. Dieses rote Kleid! Warum ich sie nicht gewarnt habe.

»Aber ich habe Sie gewarnt.«

»Nicht genug!«

Wie eine Hure habe sie sich angezogen! Und wie konnte sie so dumm sein, ihm ihre Liebe zu gestehen? »Wie kommen Sie überhaupt auf die Idee, dass ich an Ihnen interessiert sein könnte?« Das wäre die richtige Antwort gewesen! Was gab es an einer Frau noch zu erobern, die einem Mann sagt: »Ich liebe Sie«?

Dass ich ihr versicherte, wie sehr ich sie gerade dafür bewundert hatte und dass dies an der ganzen verdammten Sache das einzig Großartige gewesen sei, nutzte überhaupt nichts. In einem der tausend Bildbände, die im Haus herumlagen, hatte sie die Abbildung eines Gemäldes von Tizian entdeckt. Es trug den Titel *Noli me tangere* und zeigte Jesus von Nazareth mit der Sünderin Maria Magdalena. Er blickt blasiert auf sie herab und hält ein weißes Tüchlein an seinen weichen Leib mit dem dicken Bäuchlein. Sie kniet daneben und verzehrt sich eindeutig vor Lust nach ihm.

»Da, siehst du? Genauso bin ich vor ihm gekrochen! Genauso habe ich ihn angehimmelt! Es ist nicht zu fassen!«

»Das ist doch nicht wahr«, sagte ich. »Dieser Christus ist nichts weiter als irgendein Typ, der diesem Tizian Modell gestanden hat. Und dem hätten weder Maria Magdalena noch Marilyn Monroe gefallen. Der ist nämlich schwul.«

Sie riss mir den Band aus der Hand: »Was verstehst du schon von Schwulen? Ein Kind!« Doch als sie das Bild noch einmal studiert hatte, gab sie mir das Buch wortlos zurück.

Natürlich verstand ich von Schwulen tatsächlich nichts. Ich hatte in meinem ganzen Leben nur einen einzigen kennen gelernt, und das war der bereits erwähnte Onkel Sergio, der ältere Bruder meines Vaters, der in Buenos Aires ein Bauunternehmen führte. Und der gestand es nicht einmal sich selbst ein. Ein argentinischer Mann ist kein Homo, schon gar nicht einer, der den ganzen Tag unter Bauarbeitern verbringt. Seine Angst, dass man ihn für einen vom andern Ufer halten könnte, ging so weit, dass er keinen einzigen männlichen Freund besaß – nicht einmal zum Abendessen würde er allein mit einem Mann gehen, behauptete meine Mutter. Seine Sprache war gespickt mit sexuellen Anspielungen, weil man ja denken sollte, er habe nur das eine im Kopf. Und jedem erzählte er, dass er ständig drei Geliebte habe, wenngleich in wechselnder Besetzung. Früher seien es sogar fünf gewesen, aber das sei dann sogar einem Kerl wie ihm zu viel geworden. Und es kamen auch ständig Anrufe von Frauen, die vor Eifersucht am Rand des Wahnsinns schienen, denn natürlich hatte er auch denen klargemacht, dass sie ihn mit zwei Rivalinnen zu teilen hätten, er sei schließlich ein wahrheitsliebender Mann. Mit der

Zeit sprach es sich aber herum, dass er mit keiner dieser Frauen allzu viel anstellte. Wahrscheinlich hatte er diese Dreiecksgeschichten ja nur eingefädelt, damit jede der Damen dachte, er sei von seinen Ausschweifungen mit den beiden anderen dermaßen erschöpft, dass es ausgerechnet für sie nicht mehr reichte. Und natürlich fühlte sich die jeweilige dann wie der allerletzte Dreck. Dieses gemeine Spielchen fand erst ein Ende, als er eine auf sexy gestylte Lesbe traf, die sogar ein Kind hatte und der Welt die gleiche Komödie vorspielte wie er. Die heiratete er dann kurz vor seinem fünfzigsten Geburtstag. Als sie auch noch schwanger wurde – hie und da überwand er sich schon –, fiel eine seiner verlassenen Geliebten in eine tiefe Depression und stürzte sich mitten in Buenos Aires vom Dach eines von ihm errichteten Appartementhauses. Für ihn war damit die Tarnung nur umso perfekter: Die Frauen brachten sich seinetwegen um!

Und genau wie dieser Onkel Sergio aus Buenos Aires sah der Jesus von Nazareth des Malers Tizian aus. Dabei hatte ich für diesen sadistischen Onkel durchaus eine Schwäche. Oder vielleicht galt sie auch nur seinem Hund – dem besterzogenen Bastard, den man je gesehen hat, und so anhänglich, dass er sogar am Zeichentisch neben Onkel Sergio lag. Ich dachte stets, dass dieser Hund das einzige Wesen sei, das mein mit den falschen Genen bestrafter Onkel sich je zu lieben traute, und hatte auch deswegen unendliches Mitleid mit ihm. Wenn die

Menschen einen Mann, der eigentlich Männer bevorzugt, in eine solche Farce treiben, ist dann er schuld oder die anderen? Den Ausweg mit der Lesbe fand ich jedenfalls genial. Übrigens tat die ganze Familie so, als würde sie ihm seine Darstellung glauben. Die Einzigen, die nicht wussten, dass man wusste, waren der Onkel und seine so genannte Gattin. Für mich waren diese beiden das traurigste Pärchen der Welt.

Doch natürlich konnte auch diese Geschichte Mademoiselle nicht aufheitern. Ein paar Tage später fand ich das rote Kleid ihrer Schande im Abfall, vorsichtshalber in Fetzen, damit es keiner herausfischen und darin vor ihr auf und ab gehen konnte. In der Uniform ihres privaten Waterloo.

Ihre Eifersucht auf die esoterische Luisita wurde immer grotesker. Wahrscheinlich war sie in ihrem ganzen Leben noch nie auf eine andere Frau eifersüchtig gewesen – die Männer kamen ja stets zuerst zu ihr –, und darum traf es sie mit umso größerer Wucht. Vermutlich war ihre ganze Liebesmathematik in die Binsen gegangen: Ein Mann, der weder berühmt, reich noch gut aussehend war, bevorzugte eine Frau, die man in ihrer, Mademoiselles, Anwesenheit nicht einmal bemerkt hätte. So muss sich John F. Kennedy gefühlt haben, dachte ich, als 1961 die Russen mit Juri Gagarin als Erste im Weltraum waren. Und wahrscheinlich hatte er nur darum vom amerikanischen Kongress all die Dollarmilliarden für ein eigenes Weltraumprogramm gefordert. Brüderlichkeit hin oder her: Die reichste und mächtigste Nation der Erde gehörte natürlich als Erste auf den Mond. Und nur falls ihr an diesem Trabanten nicht gelegen war, konnte der Rivale ihn haben. Doch zufälligerweise waren die Vereinigten Staaten an diesem Mond interessiert.

Es verging kein Tag, an dem Mademoiselle nicht Kowalskis Privatnummer wählte, und jedes Mal war die andere am Apparat. Beim ersten Mal meldete sie sich noch, ohne auch nur die Stimme zu verstellen, und sagte mit ihrem unverwechselbaren französischen Akzent: »Könnte ich bitte Nick sprechen?« Und dann: »Vielen Dank, dann versuche ich's später noch mal.«

Sie knallte den Hörer auf die Gabel: »Sie wohnt bei ihm! Kannst du dir das vorstellen, Carlitos? Diese Schlampe ist bei ihm eingezogen!«

»Was blieb ihr denn übrig? Ihr Haus ist ja abgebrannt.«

»Richtig«, murmelte Mademoiselle. Und nach einer Weile: »Eigentor.«

Eine Zeit lang hatte ich tatsächlich Angst, sie könne am nächsten Morgen an einem der verkohlten Balken des ehemaligen Friseursalons hängen.

Doch dann wurde sie ruhiger. Zu ruhig, wie ich heute weiß, doch damals war ich dankbar. Kowalski wurde nicht mehr erwähnt, und manchmal ging sie sogar mit anderen Männern aus. Selbst der Playboy-Chirurg bekam wieder eine Chance, obwohl ich mir nicht vorstellen konnte, dass er sehr weit mit ihr kam. Wenn er sie in seinem BMW von irgendeinem Restaurant nach Hause brachte, lehnte sie sich nachher von innen gegen die Haustür, als habe sie Schwerstarbeit vollbracht.

Einmal hörte ich, wie sie meiner Mutter erzählte, sie habe Kennedy gesehen.

»Welchen Kennedy? Jack?«

»Den anderen, den Minister.«

»Bobby. Na und, hat er Sie angesprochen?«

Sie lachte. »Es war in der Kirche.«

»In der katholischen Kirche?«

»Offenbar ist er Katholik.«

»Alle Kennedys sind Katholiken«, sagte meine Mutter ungeduldig. »Mich wundert, dass er Sie nicht angesprochen hat.«

Es ist mir klar, dass dieser Dialog absurd klingt: Doch die Schönheit Mademoiselles war so unermesslich, dass man sich wunderte, wenn der Justizminister des mächtigsten Landes der Erde sie nicht beim Gebet gestört hatte.

Zur Kirche ging sie nun offenbar regelmäßig. Und natürlich konnte ich es mir nicht verkneifen, sie nach dem Grund zu fragen.

»Weil ich Gott liebe«, antwortete sie schlicht.

»Mehr als Nick Kowalski?«

»Das ist vorbei.«

»Und warum lieben Sie Gott?«

Offenbar besann sie sich auf ihren Missionierungsauftrag: »Da gibt es viele Gründe. Zum Beispiel, weil er seinen einzigen Sohn ans Kreuz schlagen ließ.«

»Obwohl«, sagte ich.

»Obwohl was?«

»Es müsste heißen: Obwohl er seinen einzigen Sohn ans Kreuz schlagen ließ. Sonst hält man Sie für eine Sadistin.«

Sie sah mich an, die kieselsteingrauen Augen voller Nachsicht. Damals habe ich mich noch getraut, solche Dinge zu sagen, inzwischen hätte ich zu viel Angst, mein Gegenüber zu verletzen. Doch keiner scheint sich je zu fragen, ob er vielleicht mich verletzt. Wenn er behauptet, man könne mit den Toten kommunizieren, zum Beispiel. Oder dass man nach seinem Ende immer wieder in einem anderen Körper geboren wird. Oder dass es einem in diesem Leben schlecht geht, weil man im letzten oder vorletzten irgendein entsetzliches Verbrechen begangen hat.

»Gilt das auch für die misshandelten Kinder?«, fragte ich einmal einen gestandenen Buddhisten. »Für die Kranken? Für die, die gerade verhungern?«

»So schrecklich es klingt, gnädige Frau. Aber so ist es.«

»Und für die Juden in den KZs?«

»Selbstverständlich. Wie sonst soll man sich deren Leiden erklären? Wo wäre der Sinn?«

Doch keiner schien sich je zu fragen, ob er sich

mit solchen Antworten nicht vielleicht vor mir, dem Kind, bis auf die Knochen blamierte. Immer häufiger kam ich mir vor wie in einem gigantischen zoologischen Garten: im einen Gehege die mit der Wiederauferstehung im Himmel, im anderen die mit der Wiedergeburt auf Erden, im nächsten jene, die auf den Auftritt des Messias warten, im nächsten die mit Aura und Astralleib und dem Schicksal, das in den Horoskopen steht. Und mittendrin ich, die verrückte kleine Zoogehilfin, jede Spezies mit ihren trotzigen Fragen fütternd, auf die dann, stets liebevoll, die unsinnigste Antwort kam.

»War ja nur eine Frage«, sagte ich darum jetzt rasch zu Mademoiselle, um wenigstens das Schlimmste zu verhindern. Es gibt Menschen, denen man nicht widerspricht, weil man sie zu gern hat, und andere, bei denen man darauf verzichtet, weil man sie zu wenig respektiert. Bei Mademoiselle handelte es sich eindeutig um eine Rücksicht der ersten Variante. Ich glaube, ich hatte sie höllisch gern.

Abgesehen davon, dass sie nun wieder zur Kirche ging, sprach sie auch mehr und mehr von Frankreich. Bei einem der seltenen Abendessen, die wir mit meinen Eltern einnahmen, erklärte sie, dass sie allmählich an die Rückkehr denke. Sie sei ja nun fast ein Jahr in Washington.

»Aber doch nicht sofort?«, fragte mein Vater. Nein, nein, die Sache habe keine Eile, sie wolle uns nur darauf vorbereiten. Ich suchte über den Tisch hinweg ihren Blick, doch sie wich mir aus. Meine Mutter bat sie, wenigstens bis Anfang Dezember zu bleiben. Sie seien im November in Argentinien, wohin ich sie wegen der Schule natürlich nicht begleiten könne. Und Mademoiselle sei die Einzige, der sie mich bedenkenlos anvertraue.

»Heute sage ich euch, meine Freunde, trotz der Schwierigkeiten von heute und morgen habe ich einen Traum. Es ist ein Traum, der tief verwurzelt ist im amerikanischen Traum. Ich habe einen Traum, dass eines Tages diese Nation sich erheben wird und der wahren Bedeutung ihres Credos gemäß leben wird: ›Wir halten diese Wahrheit für selbstverständlich: dass alle Menschen gleich erschaffen sind.‹ Ich habe einen Traum, dass eines Tages auf den roten Hügeln von Georgia die Söhne früherer Sklaven und die Söhne früherer Sklavenhalter miteinander am Tisch der Brüderlichkeit sitzen können. Ich habe einen Traum ...«

So begann die legendäre Rede, die Martin Luther King am 28. August 1963 am Washingtoner Lincoln Memorial vor einer viertel Million überwiegend schwarzer Bürgerrechtler hielt. John F. Kennedy war zwar nicht anwesend, doch er hatte alle Termine abgesagt, um die Rede im Radio verfolgen zu können. Auch meine Mutter und ich hörten sie im Radio, und beide weinten wir.

Warum man bei einer solchen Rede weinen müsse, fragte ich sie hinterher. Weil man wisse, dass jetzt alles anders wird, oder weil man wisse, dass das alles sowieso nichts ändert? Doch natürlich wusste das auch meine Mutter nicht. Sie wusste nur, dass den Leuten bei ihr zu Hause auch bei den Ansprachen Adolf Hitlers die Tränen gekommen waren.

Doch ich nahm mir vor, dass diese Rede wenigstens für mich persönlich Konsequenzen haben sollte. Falls je wieder einer die Trennscheibe zwischen uns, den im Fond konversierenden Weißen, und unseren schwarzen Fahrer schob, würde ich anhalten lassen und mich zu ihm nach vorne setzen.

Seltsamerweise ergab sich bereits am nächsten Tag ein guter Grund, meinen Entschluss in die Praxis umzusetzen. Ich saß hinten zwischen meinen Eltern, als sie einen Streit begannen. Offenbar hatte mein Vater sich auf eine Affäre mit einer jungen Botschaftsangestellten eingelassen, und meine Mutter hatte es herausgefunden. Meinetwegen war die Auseinandersetzung zunächst verschlüsselt und verhalten, bis sie mich dann wie üblich vergaßen und immer deutlicher wurden. Und gerade da schob mein Vater dann wieder einmal die Trennscheibe zu.

Er ging sofort in die Defensive: »Du hast nun einmal einen argentinischen Mann geheiratet! Du hättest wissen können, dass das etwas anderes ist als deine europäischen Waschlappen!«

»Ach ja? Wie denn? Ich kenne nur zwei argentinische Männer, und das bist du und dein Bruder. Der eine ist ein Schürzenjäger, der auf treuer Ehemann macht, der andere ein Schwuler, der den Schürzenjäger spielt!«

Hätte ich mich ausgerechnet jetzt zu Leopold nach vorne setzen sollen? Wo ich doch genau wusste, dass der kein Spanisch verstand und somit im Gegensatz zu mir ja ohnehin nichts versäumen würde?

Unterdessen war es September, und die Schule hatte wieder angefangen. Gleich am ersten Tag übergab ich Mrs. Cook meinen Aufsatz über Nick Kowalski. Er war fast zwanzig Seiten lang und hieß noch immer »Mein Held«, nun aber mit einem Fragezeichen. Mademoiselle hatte ich gefragt, ob sie ihn lesen wolle, doch sie tat, als ob sie das nicht im Geringsten interessiere.

Vielleicht hätte ihr der Aufsatz in ihrer jetzigen Verfassung aber sogar gefallen. Ich hatte die Sache wie üblich auf den Kopf gestellt: Nach einer längeren Einführung wurde zunächst ein Loblied auf die Männer von der Feuerwehr gesungen – unter besonderer Berücksichtigung von Nick Kowalski – und auf diesen Beruf, der nach meiner Meinung einer der letzten sei, bei dem ein Mann noch wirklich Mut beweisen könne. Und dann hatte ich die Frage gestellt, wem er – abgesehen von Unfällen und Fahrlässigkeiten – diese Gelegenheit zum Beweis seines Mutes verdanke? Nun, den Brandstiftern natürlich!

Ohne Brandstifter keine Feuerwehr, ohne Böse keine Guten. Und darüber, über die Verdienste der

Kriminellen, ging dann der Rest des Aufsatzes. Ich zählte zunächst die Unmenge von Arbeitsplätzen auf, die wir ausgerechnet denen verdanken, die sich ihren Unterhalt dadurch verdienen oder ihre Gier damit befriedigen, dass sie uns Rechtschaffene betrügen, erpressen, zusammenschlagen, ausrauben, vergewaltigen, foltern, ermorden und zerstückeln. Es sind die Stellen bei der Polizei, im Versicherungswesen, auf Unfallstationen, in physischen und psychischen Rehabilitationszentren, in Detekteien, in Anwaltsbüros, im Justizwesen, bei der Gerichtsmedizin, im Gefängnisbau, in den Schlossereibetrieben, bei den Herstellern von Sicherheitsanlagen und so fort. Und da sich der Erfolg einer kriminellen Handlung meist aus ihrer Unvorhersehbarkeit ergibt, handelt es sich auch noch um die abwechslungsreichsten und interessantesten Jobs, schrieb ich. Es sei nicht auszudenken, was geschähe, wenn wir alle über Nacht gutmütig, ehrlich und integer würden. Da es sich bei den in der Verbrechensbekämpfung beschäftigten Personen in der Regel um so genannte »Tatmenschen« handele, wären die psychischen Folgen katastrophal. Und dann dürfe man nicht vergessen, wie sehr auch die Unterhaltungsindustrie von den Verbrechern profitiere. Denn womit entspannen wir uns in unseren freien Stunden?, fragte ich. Wovon handeln die Fernsehsendungen und Filme, die wir am liebsten sehen? Worum geht es in Zeitungen, Romanen und Theaterstücken? Um den Konflikt von Gut und Böse und somit um Verbrechen, nicht wahr?

Und so weiter und so fort. Ich will hier nicht den ganzen Aufsatz wiedergeben. Dies soll nur dazu dienen, zu erklären, wie es dann zu dem sechsten Feuer kam. Doch zunächst zu Mrs. Cook. Es dauerte keine drei Tage, bis sie mich nach der Englischstunde beiseite nahm, um mit mir über meine »Abhandlung« zu sprechen. Zuerst habe sie nicht gewusst, was sie davon halten solle – doch nun sei sie restlos begeistert. Sie habe sie auch Mr. Brown zu lesen gegeben, dem Direktor, und der habe nun den Einfall gehabt, ich solle sie bei der demnächst stattfindenden Jahresversammlung für Eltern und Schüler vorlesen. Gerade weil meine Ideen so gewagt seien, wäre dies eine gute Gelegenheit, den Eltern zu zeigen, wie sehr man an der Georgetown Day School bemüht sei, Originalität und eigenwilliges Denken zu fördern.

Die sonst so blasierte Mrs. Cook war ganz aus dem Häuschen und wahrscheinlich fest davon überzeugt, dass man das »eigenständige Denken« tatsächlich lernen könne. Doch nach meiner Meinung traut sich ein Mensch entweder zu denken, oder er traut sich nicht, und zum Glück hat dies mit seinem Bildungsstand kaum etwas zu tun. Sonst wären zum Beispiel alle Diplomaten eigenwillige Denker und alle Taxifahrer angepasste Idioten. Dabei hatte ich oft den Eindruck, dass es sich gerade umgekehrt verhielt.

Aber natürlich sagte ich ihr das nicht. Wenn ich ehrlich bin, muss ich zugeben, dass mir diese Mrs.

Cook zum ersten Mal sympathisch war. Es ist einfach schwer, jemanden für einen Dummkopf zu halten, der einen gerade als große Denkerin bezeichnet hat. Ich sagte also, was sie von mir erwarten durfte: »Vielen Dank«, »ungeheure Ehre« und so weiter und dass meine Eltern sicherlich stolz auf mich sein würden.

»Dazu haben sie auch allen Grund!«, sagte meine Gönnerin mit siegesgewissem Lächeln. Ich war schon an der Tür, als sie mir nachrief, sie habe übrigens diesen Feuerwehrmann eingeladen. Mal sehen, was er zu meinen Ansichten zu sagen hätte.

»Sie haben Nick Kowalski eingeladen?«

»Du musst dich nicht vor ihm ängstigen. Ich werde dich verteidigen wie mein Löwenjunges!«

»Hat er denn zugesagt?«

»Er scheint ein netter Mann zu sein. Wenn es seine Pflichten irgendwie erlauben, wird er bei deinem Vortrag anwesend sein.«

Mademoiselle erwartete mich wie üblich an der Schulbus-Haltestelle. Während der ganzen Fahrt hatte ich mir vorgenommen, ihr von der Sache kein Wort zu verraten. Doch wir waren noch nicht in die Olive Street eingebogen, als ich auch schon damit anfing.

»Werden Sie kommen?«, fragte ich zum Schluss.

»Nein.«

»Wenn Sie nicht kommen, wird er meinen, Sie haben Angst. Und warum haben Sie Angst? Klar, weil Sie ihn noch immer lieben.«

»Das stimmt, ich liebe ihn noch immer. Aber ich komme nicht mit.«

Doch als ich dann an diesem ersten Freitagabend im Oktober mit meinen Eltern zu meiner Schule fuhr, saß Mademoiselle mit im Auto. Sie trug das graue Wollkostüm, mit dem sie vor ziemlich genau einem Jahr auf dem Washingtoner Flughafen eingetroffen war, denn die Temperaturen waren bereits wieder winterlich. Und genau wie damals hatte sie das dunkelblonde Haar streng zurückgekämmt. Und nirgends auch nur eine Spur von Schminke. Er sollte sich auf keinen Fall einbilden dürfen, sie habe sich für ihn schön gemacht.

Mr. Brown, der Direktor, stand am Eingang, begrüßte die Eltern mit Handschlag und die Schüler mit burschikosen Bemerkungen. Zu mir sagte er: »Ah, unser Star!« Doch es dauerte noch eine Weile, bis ich mit meinem Meisterwerk glänzen konnte. Zuerst gab es Getränke, dann die Ansprache des Direktors nebst Vorstellung der neuen Lehrkräfte, und dann war noch die Einführung von Mrs. Cook zu ertragen, die vor allem aus einer Kette vorsorglicher Entschuldigungen bestand. Man habe lange überlegt, ob man den sehr geehrten Eltern so unorthodoxe und wohl auch unausgegorene Gedanken überhaupt zumuten dürfe. Feiges Luder!

Und bevor sie mir nun endlich das Wort überließ, erwähnte sie noch wie beiläufig, sie habe eigentlich vorgehabt, den Porträtierten, Mr. Nick Kowalski, seines Zeichens Captain bei der Feuerwehr von Georgetown, an der anschließenden Diskussion zu beteiligen. Doch der habe soeben mitteilen lassen, dass er wegen verschärfter Dienstvorschriften – sicher habe jeder gehört, dass sich in Georgetown die Fälle von Brandstiftung in jüngster Zeit auffällig gehäuft hätten – nicht dabei sein könne. Sie hatte es kaum ausgesprochen, als Mademoiselle aufstand und den Saal verließ. Bei jedem anderen wäre dies nicht weiter aufgefallen, doch da es sich um Mademoiselle handelte, schaute ihr natürlich jeder zunächst einmal nach. Es wäre sinnlos gewesen, mit dem Vorlesen anzufangen, solange sie nicht die Tür hinter sich geschlossen hatte.

Doch dann war es so weit, und ich begann mit meinem Vortrag. Es war sozusagen mein erster öffentlicher Auftritt, doch nach ein paar Versprechern und ein paar freundlichen Zwischenrufen aus dem Publikum, das mich um mehr Lautstärke bat, geriet ich schnell in Fahrt. Ich hatte vielleicht zehn Minuten gelesen und gerade das allgemeine Terrain verlassen – man wird es kaum glauben, doch tatsächlich hatte ich gerade gesagt: »Und damit kommen wir zur Feuerwehr ...« –, als draußen eine aufgeregte Stimme »Feuer! Feuer!« rief.

Natürlich brachen die Zuhörer zunächst in Gelächter aus, man hielt es für einen zwecks Auflockerung zwischen den Schülern verabredeten Gag. Doch dann stürzte Herb Dearfield herein, ein Junge aus meiner Klasse, und schrie wieder »Feuer!«. Als das Gelächter daraufhin nur noch ausgelassener wurde, raste er zu mir aufs Podium: »Fuck, das ist kein Witz! Da draußen brennt's wirklich!«

Und nun versuchten alle zugleich, aus dem festlich geschmückten Saal zu kommen. Nicht weil man sich in Lebensgefahr wähnte – die Georgetown Day School ist ein eher bescheidener Bau, und wir befanden uns im Parterre –, sondern weil man das Feuer nun auch zu sehen wünschte. Und das war auch tatsächlich sehenswert. Nicht seiner Größe oder Gefährlichkeit wegen, sondern wegen des ausgefallenen Arrangements. Es war in dem grau gestrichenen Schuppen ausgebrochen, der mitten auf unserem Schulhof stand und dazu diente, neben allerlei Sportgerät auch das in der Schule anfallende Altpapier aufzubewahren, fertig zum Abtransport und säuberlich gebündelt. Damit hatte nun jemand die Türöffnung gefüllt und das Ganze angezündet. Mit Streichhölzern vermutlich und ohne jeden brennbaren Zusatz, denn bei Verwendung von Benzin hätte nach meiner Erfahrung längst der ganze Schuppen in Flammen gestanden. Das alles wirkte eher dilettantisch als gefährlich – und wegen der symmetrischen Platzierung zwischen den hübsch gestrichenen Türpfosten erinnerte es eher an ein gut bewachtes Kaminfeuer. Jedenfalls war die Sache sehr bald unter Kontrolle. Bis die Feuerwehr eintraf, hatte der Direktor gemeinsam mit dem Hausmeister den Brandherd unter einer dicken Schaumschicht begraben.

Natürlich hatte nach diesem Abenteuer kein Mensch mehr Lust, zu meinem Vortrag zurückzukehren, nicht einmal meine Eltern. Als die Löschfahrzeuge weggefahren waren, schlenderten auch wir zu unserem Auto, in dessen Fond Mademoiselle scheinbar gelangweilt in einer Modezeitschrift meiner Mutter blätterte.

»So ein Pech«, sagte mein Vater. »Aber ich werde dein Meisterwerk noch heute Nacht lesen, das verspreche ich dir!«

»Und das alles wegen nichts«, klagte meine Mutter. »Wenn es wenigstens ein richtiges Feuer gewesen wäre!« Sie wandte sich an mich: »Hast du eine Ahnung, wer da gezündelt haben könnte?«

»Irgendeiner aus ihrer Klasse, der ihr den Auftritt nicht gegönnt hat«, sagte mein Vater.

»Vielleicht sogar der, der geschrien hat«, doppelte ich nach. »Herb Dearfield, dieses Schaf. Der Schwachkopf hat einen Aufsatz über die Krankenpflegerin seiner Großmutter eingereicht. Ungeheure Leistung.«

Schon am folgenden Tag kam per Bote ein persönliches Schreiben des Direktors, in dem er den Eltern versicherte, wie sehr er diesen Zwischenfall bedauere und dass er der Sache unbarmherzig nachgehen werde. Und falls der Täter unter den Schülern gefunden werde, werde man härteste Konsequenzen ziehen. Doch natürlich wurde der Täter nicht unter den Schülern gefunden. Nur ich wusste, dass es ein Feuer von Mademoiselle gewesen war. Ihr sechstes, wie gesagt. Und ich brauchte sie nicht einmal zu fragen, warum sie es entfacht hatte. Sie wollte Nick Kowalski ihre Macht beweisen. Ihm zeigen, dass ihm seine Absage überhaupt nichts nutzte. Falls sie es wünschte, konnte sie ihn zu jeder Tages- und Nachtzeit herbeizitieren. Dass die Georgetown Day School direkt hinter der Grenze von Georgetown lag und darum eine andere Feuerwache zuständig war, konnte sie nun wirklich nicht ahnen.

Es war etwa zehn Tage später. Mademoiselle hatte mich vom Schulbus abgeholt und mir gerade ihre zwei Begrüßungsküsschen gegeben, als neben uns ein Auto hielt. Und in diesem Auto, einem alten Chevrolet, saß kein Geringerer als Nick Kowalski. Er hatte die Scheibe heruntergekurbelt und bat uns einzusteigen.

»Wir sollen was?«, wiederholte Mademoiselle ungläubig.

»Ich möchte Sie bitten, einen Augenblick in mein Auto zu steigen. Ich muss Sie sprechen.«

»Schon wieder?«, fragte Mademoiselle mit allem Spott, dessen sie in ihrer Überraschung fähig war.

»Es dauert nicht lange.« Und als ich mich diskret entfernen wollte: »Die Einladung gilt auch für dich, Mädchen.«

»Ich muss aber Schularbeiten machen.«

»Die können warten.«

Wir stiegen also bei ihm ein und setzten uns

auf die hinteren Sitze. Was mich betrifft, so ließ ich mich mit einem theatralischen Seufzer in das abgewetzte Polster fallen, als sei mir die Sache ungeheuer lästig. Und tatsächlich hatte ich seit einer Ewigkeit nicht in einem derart ramponierten Auto gesessen, vielleicht überhaupt noch nie. Kowalski stellte den Motor an und ließ den Wagen langsam in die Olive Street rollen. Wollte er uns nach Hause bringen?

Ein paar Meter vor unserem Grundstück hielt er an und drehte sich zu uns herum: »Ich habe über diese Sache lange nachgedacht. Eins zum andern gerechnet oder besser gesagt, eins zu fünf. Das Ergebnis seid immer wieder ihr beide.«

»Vielleicht können Sie das näher erklären?«, fragte Mademoiselle kühl.

»Darum bin ich hier. Die ungeklärten Brände. Ich komme auf fünf, bei denen ihr beide anwesend wart. Und auch Gelegenheit zum Zündeln hattet. Die übrigen Feuer, die wir in diesem Jahr in Georgetown hatten, sind alle aufgeklärt.«

»Ich fürchte, dass ich Sie nicht verstehe, Monsieur.«

»Sie verstehen mich ganz genau.«

»Von welchen Bränden sprechen Sie?«

»Nicht von dem an Weihnachten. Der ist sicherlich einfach aus Leichtsinn entstanden. Doch das da ...« Erst jetzt merkte ich, dass er direkt neben den drei Müllcontainern gehalten hatte, die unterdessen natürlich durch nagelneue ersetzt worden waren. »Hier war's bereits Brandstiftung, und selbstverständlich wart ihr beide sofort zur Stelle. Dann kam die ungeklärte Sache mit dem alten Schiff. Bei dem Brand war ich selbst nicht im Einsatz, doch ich habe mich erkundigt, ob ihr unter den Zuschauern gewesen seid. Und Sie, Mademoiselle, sind natürlich nicht so leicht zu übersehen.«

»Danke.«

»Dann das Feuer bei dem alten Klavierlehrer, zu dem ihr beide zu dem Zeitpunkt zufällig unterwegs wart. Ich habe ihn angerufen: Vormittags gibt er nie Unterricht, Ausnahme ausgeschlossen.«

»Weiter.«

»Dann der Brand, an dem ich als Privatmann natürlich am meisten interessiert bin. Der Friseursalon. An der Brandstelle wurde eine Frau gesehen. Eine Frau und ein Junge.« Er sah zu mir: »Doch der könnte auch ein Mädchen mit kurzen Haaren gewesen sein. Und seltsamerweise geschah das in der Nacht nach unserer Unterredung, in der es unter anderem um mein Verhältnis zur Besitzerin dieses Friseursalons ging.«

»Der esoterischen Luisita«, sagte ich.

»Der esoterischen Luisita«, wiederholte er freundlich. Dann wandte er sich an Mademoiselle: »Luisita erzählte mir, dass Sie vor einigen Monaten mit der Kleinen in ihrem Salon waren. Sie wunderte sich noch, weil ihr beide ja nicht die Art Kundschaft seid, die dort normalerweise verkehrt.«

»Glauben Sie an Horoskope?«, fragte ich rasch.

Er lachte: »An Horoskope? Nein.«

»Warum nicht?«

»Wenn alles schon in den Sternen steht, gibt es ja für uns nichts mehr zu entscheiden. Aus mit der Freiheit. Korrekt?«

»Korrekt.« Du lieber Himmel, wie hätte meiner Mutter diese Antwort gefallen!

Doch er ließ sich nicht länger ablenken: »Und danach seid ihr dauernd bei ihr vorbeispaziert. Und seit sie bei mir eingezogen ist, kommen ständig Anrufe, sagt sie. Einmal habe sich eine Frau mit einem französischen Akzent gemeldet. Und davon gibt es hier nicht allzu viele.«

»Weiter«, sagte Mademoiselle.

»Und jetzt dieses Feuerchen in der Schule, für das es ebenfalls keine Erklärung gibt. Ein harmloses Feuer, aber trotzdem: Man weiß ja nie, wie sich so was entwickelt. Vor allem, wenn die Brandstifter Amateure sind.«

Es entstand eine lange Pause.

»Warum gehen Sie nicht zur Polizei?«, fragte Mademoiselle schließlich. »Wäre das nicht Ihre Pflicht?«

»Ich möchte wissen, was Sie davon halten.«

»Nun, was soll ich davon halten? Ich halte alle diese Brände für ausgesprochen …« Sie sah mich fragend an: »Réussis?«

»Gelungen.«

»Vielleicht ist das auch meine Eitelkeit, denn ich habe sie ja gelegt.«

Er blickte von ihr zu mir: »Zusammen mit dem Kind.«

»Carlota hat damit nichts zu tun!«

»Sie haben nichts damit zu tun!«, rief ich ungehalten. Und zu Kowalski: »Sie hat gar nicht genug technischen Verstand, um sich so was auszudenken.«

»Bei dem Klavierlehrer war's eine Lupe?«

»Korrekt«, sagte ich.

Er hielt anerkennend den Daumen nach oben: »Gute Arbeit.«

Jetzt griff Mademoiselle wieder ein, diesmal ganz energisch: »Sie fantasiert! Vielleicht hat Charlotte mir den einen oder anderen Rat gegeben. Die Anregung kam aber in jedem einzelnen Fall von mir.«

»Sind Sie Pyromanin?«

Mademoiselle musste lachen: »Une pyromane? Mais non!«

»Was heißt das?«

»Das heißt nein, ich bin keine Pyromanin.«

»Aber warum dann?«

»Das ist mein Problem.«

»Sie legen halb Georgetown in Schutt und Asche und wollen mir, dem Captain der hiesigen Feuerwehr, nicht einmal einen Grund angeben? Ich will Ihnen etwas sagen, Miss: So einfach geht das nicht.«

Mademoiselle überlegte eine Weile: »Einen Grund gab es natürlich schon.«

»Um Himmels willen, dann sagen Sie ihn mir!«

»Ich wollte Sie wiedersehen.«

»Sie wollten was?«

»Ich wollte Sie wiedersehen.«

Diesmal dauerte die Pause eine Ewigkeit. Nick Kowalski hatte sich wieder nach vorne gedreht und starrte durch die verschmutzte Windschutzscheibe seines Chevy. »Sie wollen sagen, Sie haben alle diese Sachen angezündet, weil Sie hofften, ich würde anrücken?« Er blickte noch immer nach vorn.

»So ist es.«

»Das kann nicht wahr sein.«

»Es ist aber wahr, voilà.« Sie blickte seitlich zu ihrem Fenster hinaus, als gehe dieses ganze Gespräch sie nichts an.

»Ich meine, ausgerechnet Sie, die Sie ...«

»Jeden haben könnten. Sie wiederholen sich, Monsieur.«

Er drehte sich mit einem verzweifelten Auflachen zu ihr: »Aber wenn man einen Mann sehen will, gibt es doch tausend andere Möglichkeiten. Da muss man doch nicht jedes Mal ein Haus anzünden!«

»Zum Beispiel?«

»Zum Beispiel«, wiederholte Kowalski mit einer Stimme, die fast verzweifelt klang, »zum Beispiel hätten Sie an jedem beliebigen Tag der Woche in mein Büro spazieren und mich zu einem Kaffee einladen können.«

»Das war nicht möglich.«

»Und warum nicht?«

»Sie erinnern sich, wie es im Stadion war? Sie sagten, Sie hätten das Gefühl, dass ich Ihnen nachlaufe. Der erste Schritt muss vom Mann kommen, das ist ein eisernes Gesetz!«

»Und wenn dieser Mann zufällig bei der Feuerwehr ist, zündet man eben ein Gebäude an. So kriegt er dann Gelegenheit, den ersten Schritt zu machen.«

»C'est ça«, sagte Mademoiselle.

»Was heißt das?«

»Das heißt: So ist es.«

»So ist es. Und jetzt?«

»Ach so, Sie wollen wissen, ob ich weitere Brände legen werde? Machen Sie sich keine Sorgen, ich gehe zurück.«

»Nach Frankreich?« War es Einbildung, oder hatte es da bei ihm den Bruchteil einer Schrecksekunde gegeben?

»Da komme ich her.«

»Wann?«

»Demnächst.«

Es entstand eine Pause. Kowalskis Augen ruhten mit einem seltsamen Ausdruck auf Mademoiselle: »Das tut mir leid. Ich meine, es tut mir leid, dass ich Sie so enttäuschen musste.«

»Wie Sie sehen, habe ich's überlebt. Ist damit das Verhör beendet? Dürfen wir nun aussteigen?«

»Natürlich.« Er sprang aus dem Wagen, doch ehe er herum war, um Mademoiselle beim Aussteigen zu helfen, stand sie schon auf dem Trottoir. Nur meiner Wenigkeit konnte er noch aus seiner Limousine helfen.

»Also dann …« Er hielt Mademoiselle die Hand hin, die jedoch im gleichen Augenblick nach meiner griff.

»Alles Gute«, sagte sie mit einem distanzierten Lächeln. Wir gingen die paar Schritte bis zur Haustür, und als ich mich dort umwandte, stand Nick Kowalski noch immer neben seinem Auto.

»Du warst unvorsichtig«, sagte Mademoiselle, als wir den Flur betraten.

»Ich war unvorsichtig?«

»Du hättest ihm nicht sagen dürfen, dass du beteiligt warst.«

»Es ist aber die Wahrheit.«

»Die Wahrheit, die Wahrheit! Was ist, wenn er jetzt zur Polizei geht?«

»Tut er nicht.«

»Es wäre seine Pflicht. Er macht sich strafbar, wenn er schweigt. Das könnte ihn die Stelle kosten.«

»Er tut's aber trotzdem nicht.«

»Was macht dich so sicher?«

Diesmal sagte ich es: »Weil einer wie Kowalski selbst weiß, wie er sich zu verhalten hat. Er ist ein Mann.«

Ende Oktober flogen meine Eltern nach Argentinien. Während meine Mutter die Koffer packte, saß ich im Schlafzimmer auf dem so genannten Ehebett und las ihr einen Artikel aus *Newsweek* vor: Laut Umfrage hatte John F. Kennedy wegen seines Eintretens für die Bürgerrechte bereits viereinhalb Millionen weiße Wähler verloren; in den Südstaaten mochten ihn weder die Weißen noch die Schwarzen. Die Weißen nicht, weil er den Schwarzen zu ihrem Recht verhelfen wollte, und die Schwarzen nicht, weil es ihnen zu langsam ging. Und natürlich hatten Martin Luther Kings Marsch auf Washington und seine Rede am Lincoln Memorial alles nur verschlimmert.

»Liebes, entschuldige, wenn ich dich unterbreche«, sagte meine Mutter, »aber hast du irgendwo meine Schlaftabletten gesehen? Ich weiß, dass ich ein ganzes Röhrchen hatte. Es ist einfach verschwunden.«

»Vielleicht hat Papi sie geschluckt?«

»Ausgeschlossen, der schläft wie ein Stein.«

»Könnte man sich damit umbringen?«

»Mindestens zweimal.«

Sobald sie aus dem Haus waren und meine Mutter wie üblich hundertfünfzig Mal zurückgewinkt hatte – sie hatte immer ein schlechtes Gewissen, wenn sie mich für längere Zeit allein ließ, blieb aber trotzdem nie da –, schlich ich mich in die Souterrainwohnung von Mademoiselle, die wegen irgendwelcher Besorgungen nicht zu Hause war. Wie erwartet, fand ich dort das Tablettenröhrchen, und zwar mitten auf dem Tisch – sie hatte sich nicht einmal die Mühe gemacht, es zu verstecken.

Ich nahm es, raste nach oben und fand im Arzneischrank des Badezimmers meiner Eltern ein Röhrchen Kalziumtabletten derselben Farbe und Größe. Gegen die wechselte ich die Schlaftabletten aus, bis auf die beiden, die zuoberst lagen. Wer weiß, vielleicht hatte sie die Tabletten ja nur geklaut, weil sie an Schlaflosigkeit litt, was mich kein bisschen gewundert hätte. Und falls es ihr darum ging, sich umzubringen, waren zwei Tabletten zu wenig. Ich brachte das Röhrchen wieder hinunter und legte es an seinen Platz zurück.

Ich weiß nicht, warum sie dann trotzdem noch bis zum 18. November wartete. Vielleicht aus Rücksicht auf meine Eltern, denen sie nicht allzu früh die Reise verderben wollte. Vielleicht war sie auch noch nicht ganz sicher, ob Kowalski es wert war, dass man für ihn starb. Und obwohl ihr lieber Gott längst durch diesen Feuerwehrmann ersetzt worden war, hatte sie vielleicht auch religiöse Bedenken. Als sie am 19. November nicht zum Frühstück erschien – normalerweise kam sie sogar schon vorher und half mir, mich für die Schule fertig zu machen –, wusste ich jedenfalls sofort, was passiert war. Ich schlich mich in den Garten, weil man von dort in ihr kleines Schlafzimmer sehen konnte. Sie lag, schön wie Dornröschen, auf ihrem rosa bezogenen Bett, auf dem Nachttisch daneben das – vermutlich leere – Tablettenröhrchen und ein Briefumschlag, der wohl ihren Abschiedsbrief enthielt.

Ich ging um das Haus herum und klingelte an ihrer Tür. Nach einer Ewigkeit öffnete sie tatsächlich, im Nachthemd und total verwirrt, aber lebend. Ich gratulierte mir zu dem Einfall mit den beiden echten Schlaftabletten. Sie musste annehmen, das Mittel sei einfach nicht stark genug gewesen, denn tatsächlich war sie ja nach der Einnahme in tiefen Schlaf gefallen. Wenn sie gar nicht eingeschlafen wäre, hätte sie es wohl auf andere Art versucht, und dann wäre es jetzt zu spät gewesen.

Ich überschlug mich mit Erklärungen: »Ich habe wieder meine Magenschmerzen. Ich kann nicht in die Schule. Das ist keine Ausrede, ich schwör's! Wären Sie vielleicht so freundlich ... Ich meine, würden Sie ...?« Da sie noch immer total abwesend schien, versuchte ich's auf Französisch: »Mademoiselle, est-ce que vous auriez la gentillesse de téléphoner à mon école?«

»A ton école? Mais pourquoi?«

»Parce que je suis malade!« Ich hielt mir mit Leidensmiene die Hände an den Leib.

»Mais oui, ma chérie. Attends, j'arrive toute de suite!«

Zehn Minuten später saß sie tatsächlich mit mir im Salon, frisch geduscht, die kieselsteingrauen Augen erstaunt auf den herrlichen Blumenstrauß gerichtet, den ihr am Tag zuvor ein Verehrer geschickt hatte. Das muss schon ein eigenartiges Gefühl sein, dachte ich, wenn man sich von allem verabschiedet hat, und auf einmal ist man dann doch noch da. Als sei man zu einer Weltreise aufgebrochen und habe den

Zug versäumt. Trotzdem hatte nun ich die Leidende zu spielen.

»Soll ich einen Arzt rufen?«, fragte Mademoiselle.

»Nicht nötig. Das sind nur die üblichen Magenkrämpfe, die vergehen von allein.«

»Bist du sicher?« Sie machte ein so besorgtes Gesicht, dass ich am liebsten gelacht hätte. Da hatte sie gestern Abend fest damit gerechnet, um diese Zeit in irgendeiner Leichenhalle herumzuliegen, und nun wollte sie wegen ein bisschen Bauchschmerzen für mich einen Doktor holen. Ich möchte einfach ein wenig schlafen, sagte ich, hier auf der Couch.

Sie deutete zum Garten, wo Mr. Fudimoto im leeren Schwimmbassin den morschen Baum zersägte, den er am Tag zuvor gefällt hatte: »Bei dem Krach wirst du das kaum können. Willst du nicht lieber in dein Bett?«

Doch ich schüttelte nur schwach den Kopf und schloss die Augen, und als sie daraufhin auf Zehenspitzen zu Franca in die Küche schlich, begann ich hinter meinen geschlossenen Lidern in aller Ruhe einen Plan für das siebte und nun wirklich allerletzte Feuer auszuhecken. Nicht dass ich mir davon ein Wunder versprach: Ein kleines, unbedeutendes Feuer sollte es werden, gelegt allein zu dem Zweck, Mademoiselle für die kommenden Stunden oder Tage von ihrem Vorhaben abzulenken. Danach würde mir schon wieder etwas einfallen.

Auch sollte dies allein mein Feuer sein. Aber

dann entwickelte es sich auf seltsame Weise doch noch einmal zu einem Feuer von Mademoiselle. Oder besser gesagt, zu einem Feuer von uns dreien. Denn letztlich entschied es auch über das Schicksal von Nick Kowalski.

Eigentlich gab mir das Geräusch von Mr. Fudimotos Kreissäge die Idee zu diesem letzten Feuer ein. Ich wusste genau, dass es um Punkt zwölf Uhr aufhören und um Punkt vierzehn Uhr wieder anfangen würde, denn Mr. Fudimoto war ein sehr pünktlicher und pflichtbewusster Mann. Ich wusste auch, dass er seine kostbare Säge während der Mittagspause im Ankleidehäuschen einschließen würde. Dort traf er mich bei seiner Rückkehr an, eine von Mademoiselles Gauloises rauchend, ihn flehentlich bittend, mich ja nicht bei ihr zu verpetzen. Er schüttelte missbilligend den Kopf und stieg mit seiner Säge wieder an seinen Arbeitsplatz im Pool hinunter. Und damit war der erste Teil meiner Vorbereitung erledigt.

Beim zweiten ergaben sich unverhoffte Schwierigkeiten. Ich hatte vorgehabt, das von Mr. Fudimoto zersägte Holz großzügig mit Benzin zu übergießen und wie zufällig eine brennende Zigarette darauf fallen zu lassen. Das gäbe ein weithin sichtbares, jedoch strikt auf das leere Bassin begrenztes Feuer, bei dem niemand und fast nichts zu Schaden kommen würde. Ein bisschen Aufräumarbeit, bei der ich natürlich selbst mit anpacken würde, sowie ein neuer Anstrich für den Pool, der ohnehin fällig war. Auch den würde ich übernehmen, allein schon, um meine Bußfertigkeit unter Beweis zu stellen. Denn nach dem Zwischenfall mit der Zigarette würde der gewissenhafte Mr. Fudimoto selbstverständlich zu Protokoll geben, dass die Tochter des Hauses heimlich die Zigaretten des französischen Kindermädchens rauchte.

Als ich dann zum Abzapfen des Benzins in die Garage kam, musste ich aber feststellen, dass beide Autos fehlten. Den Alfa meiner Mutter hatte man zum Überholen in die Werkstatt gebracht, und mit dem Mercedes meines Vaters war offenbar Leopold unterwegs. Ich war also gezwungen, eine andere Lösung zu finden. Bei einer Tankstelle einfach ein paar Liter Benzin zu besorgen war angesichts der Aufmerksamkeit, die wegen der ungeklärten Brände in diesem Viertel herrschte, riskant, also unmöglich. Doch natürlich fand sich ein Ausweg. In der Werkstatt im Keller stand unter unzähligen Farbtöpfen eine riesige, noch unangebrochene Dose mit Farbverdünner. Darauf die ersehnte Warnung: »Nicht in die Nähe von Feuer bringen! Explosionsgefahr!«

Explosionsgefahr war genau das, was ich brauchte. Ich ging mit ein paar Pinseln, einer angebrochenen Dose himmelblauer Farbe und natürlich dem Verdünner zum Schwimmbecken und fragte Mr. Fudimoto scheinheilig, um wie viel Uhr er heute mit der Arbeit Schluss machen würde. Ich hätte nämlich vor, an der einen Wand des Beckens ein bestimmtes Himmelblau auszuprobieren. Einfach so, um zu sehen, wie das wirke. Das Schwimmbad müsse ja ohnehin zum Frühjahr neu gestrichen werden. Er schüttelte wieder missbilligend den Kopf. Und das hieß, dass er sich später an mein Vorhaben erinnern würde.

Als er um Punkt fünf aus dem Gartentor schritt, trat ich in Aktion. Er hatte das auf Kamingröße zugeschnittene Holz in der Mitte des Pools zu einem hohen, kreisrunden Stapel von etwa einem Meter Durchmesser aufgeschichtet. Eigentlich ein Kunstwerk, ein überflüssiges zudem, denn das Holz würde später ja unter der Terrasse aufbewahrt werden. Doch so seien nun einmal die Japaner, pflegte Franca zu sagen, bei denen müsse alles ästhetisch sein, das sehe man ja schon an den Speisen. Und da Mr. Fudimoto das Mosaik des Bassinbodens zur Vermeidung von Kratzspuren dick mit Zeitungen ausgelegt hatte, stand mir auch an Ort und Stelle jede Menge Papier zur Verfügung. Einen Teil davon steckte ich zusammengerollt zwischen die aufgeschichteten Holzstücke, und auch was ich an Spänen und den bereits von Mademoiselle bei den Müllcontainern verwendeten Spiritustabletten finden konnte, kam zwischen das Holz. Und darauf platzierte ich dann wie zur Krönung die in der Abendsonne wie Gold glänzende Dose mit dem Farbverdünner, die ich mit einem dicken Ring gerollter Zeitungsblätter umgab, sodass sie wie eine kostbare Reliquie wirkte. Danach schlich ich mich in den Salon zurück und spielte wieder die Kranke.

Punkt sieben verließ auch Franca das Haus. Das war so vereinbart, denn wenn meine Eltern nicht da waren, gab es ja wenig zu kochen. Putzfrau und Hausmädchen kamen während dieser Zeit ohnehin nur am Vormittag. Mit anderen Worten: Mademoiselle und ich waren jetzt allein. Wir setzten uns an den Tisch im Frühstückszimmer, wo Franca für uns ein kaltes Abendessen vorbereitet hatte. Jetzt brauchte ich also nur noch meine kleine Komödie abzuspulen. Und vor allem durfte ich keinen Bissen essen.

»Du isst ja nichts, Carlitos«, bemerkte Mademoiselle, wie geplant. »Soll ich dir ein Süppchen kochen?«

Nein, bitte nicht, ich würde ja doch keinen Löffel herunterbringen. Meine Magenschmerzen seien sogar noch schlimmer als am Vormittag. Ich bat sie, mir aus dem Arzneikasten eine bestimmte Sorte Tabletten zu holen, die mir in solchen Fällen immer geholfen hatten. Sie fand die Schachtel auch sofort, doch natürlich hatte ich dafür gesorgt, dass sie leer war. Und natürlich erbot sie sich nun, mit meinem Fahrrad zum Drugstore in die M-Street zu radeln. Ich dankte ihr mit Leidensmiene. Das gab mir genau die zwanzig Minuten, die ich brauchte.

Sobald sie die Haustür hinter sich geschlossen hatte, zog ich meinen Anorak an und raste zum Schwimmbassin, wo ich den Holzstapel mit der gleichen Technik entzündete, die ich sonst beim Kaminfeuer in unserem Salon anwendete. Und da das

Material perfekt vorbereitet war, brannte es auch ziemlich schnell und heftig. Ich gratulierte mir zu dem Einfall, dies alles in dem geschützten Raum des leeren Beckens arrangiert zu haben. Es war ein ziemlich windiger Abend, und draußen wäre mir das Entzünden eines Feuers solcher Größenordnung sicherlich schwer gefallen. Jedenfalls schlugen die Flammen bald so hoch, dass man sie trotz des Bambuswäldchens, das vom Haus aus die Sicht auf den Pool verdeckte, auch von dort sehen und vor allem riechen musste. Höchste Zeit also, die Feuerwehr zu alarmieren.

Und während ich im Salon stand, den Blick in Richtung Brandherd, den Telefonhörer in der Hand, am anderen Ende der Leitung der Bereitschaftsbeamte der Feuerwehr, da passierte es dann. Explosionsgefahr – ich hatte es zwar auf der Dose gelesen, jedoch nicht im Geringsten mit dem gerechnet, was ich nun erlebte. Ein Krach, so laut, dass ihn sogar der Feuerwehrmann am Telefon hörte. Überall flogen brennende Partikel durch die Luft.

»Hallo, hallo ...«, rief er in der Zentrale. »Sind Sie noch da?«

»Ja.«

»Was ist passiert?«

»Etwas ist in die Luft gegangen!«, schrie ich.

»Das hab' ich gehört. Hallo?«

»Ja.«

»Ruhig, ganz ruhig. Wie alt bist du?«

»Es brennt! Überall sind Flammen!«

»Die Adresse!« Auch er hatte zu schreien begonnen.

»Das Bambuswäldchen. Es brennt wie verrückt! Das Feuer kommt zum Haus!«

»Sag mir deine Adresse! Hörst du mich?«

»Ja.«

»Du musst mir jetzt deine Adresse sagen!«

Ich nannte sie ihm. »Nick Kowalski soll kommen!« Ich war jetzt wirklich in Panik. »Nick Kowalski soll kommen, schnell!«

Als ich das sagte, war das Feuer bereits an der Terrasse.

Wahrscheinlich war der Wind daran schuld, dass alles so schnell ging. Der Wind und das total ausgedörrte Bambuswäldchen, denn es hatte trotz der fortgeschrittenen Jahreszeit kaum geregnet. Dummerweise hatte ich bei meinem Anruf die Terrassentür weit offen gelassen, denn es sollte ja alles echt und spontan wirken. Doch als ich nun durch die Haustür zur Straßenseite zu entkommen suchte, entstand Durchzug, und die Flammen drängten von der Terrasse in den Salon wie eine Schar ausgelassener Gäste, die man zu einem Umtrunk geladen hat.

Doch wenigstens war ich jetzt draußen. Die Straße war so menschenleer wie immer. Obwohl im Parterre unseres Hauses bereits die ersten Scheiben zersprangen, hatte außer mir offenbar noch niemand von der Katastrophe Notiz genommen. Ich hätte nun »Feuer!« schreien können wie damals, zur

Weihnachtszeit, meine Mutter. Doch aus irgendeinem Grund fiel es mir nicht ein. Und wahrscheinlich hätte es auch gar nichts genutzt – ich hatte den Eindruck, dass in dieser Straße der Reichen und Weitgereisten sowieso wieder einmal keiner zu Hause war. Es war zwar noch nicht dunkel, aber auch nicht mehr hell genug, als dass man drinnen kein Licht gebraucht hätte. Doch in keinem der Nachbarhäuser brannte irgendeine Lampe.

Manchmal denke ich auch, dass ich damals nicht nach Hilfe rief, weil ich die Sache zu sehr genoss. Ich stand auf der gegenüberliegenden Straßenseite und starrte auf unser immer prachtvoller brennendes Haus. Die Flammen waren jetzt im Begriff, das mittlere Stockwerk zu erobern; die Hitze drang bereits bis zu mir herüber. Dann dieses leise knatternde Geräusch, das an die fernen Maschinengewehrsalven erinnerte, die in letzter Zeit immer häufiger die Fernsehberichte aus Vietnam begleiteten. Wenn die Feuerwehr nicht sofort eintraf, würde hier nichts übrig bleiben, so viel war klar.

Und dazu dieser Himmel! Ich hatte Feuer bei Tag gesehen, Feuer bei Nacht, doch keines bei Sonnenuntergang. Und es wurde von Minute zu Minute eindrucksvoller. Nicht einmal so sehr wegen der Flammen als wegen des Rauchs, der unserem Haus immer üppiger und in allen erdenklichen Farben entstieg: blau, lila, gelb, ocker und natürlich sämtliche Schattierungen von Grau. Dahinter der Washingtoner Abendhimmel, vom freundlichen Regisseur meines Spektakels mit sämtlichen Varianten von Rosa ausgestattet. Manche Menschen haben einfach Glück.

Glück! Ich verneigte mich schnell für mein Filmband, denn natürlich war mir klar, dass dieses Feuer – wenn auch von mir niemals in einem solchen Ausmaß geplant – keineswegs eine Heldentat war. Doch ich verneigte mich ausschließlich in Richtung des brennenden Gebäudes, damit mir vom Schauspiel dieser aus der Hand geratenen Untat auch nicht der Bruchteil einer Sekunde entging.

Hinzu kam dieses unfassbare Gefühl der Freiheit, das wohl schuld daran war, dass ich nun wie eine Irre zu kichern begann. Denn es ist schon ein Unterschied, ob du beim Brand eines fremden Gebäudes zuschaust oder ob es ein Haus ist, in dem deine sämtlichen Besitztümer stecken. Unterdessen war ja alles, was meine Eltern für besitzens- und vorzeigenswert hielten, aus Lima eingetroffen und an den dafür ausgewählten Platz gestellt worden. Und da merkt man es dann, ob man zu denen gehört, die an Dingen hängen, oder zu der sehr viel selteneren Sorte, der sie egal sind. Und wie sich jetzt eindeutig zeigte, gehörte ich zur zweiten Art. Das wurde mir noch klarer, als nun mit einem Riesenknall die Scheiben meines Zimmers barsten: Ich versuchte mir vorzustellen, welche meiner Sachen ich vermissen würde, doch es fiel mir einfach nichts ein. Natürlich kann man solche Überlegungen nur als Wohlhabender anstellen – ich wusste ja, dass es mir auch nach diesem Brand weder an Kleidung noch an Behausung fehlen würde. Doch eigentlich kann jede Moral nur für die gut Situierten gelten. Zur Bewertung des Verhaltens eines Menschen gehört die Frage, ob er die Wahl gehabt hätte, sich anders zu verhalten. Und diese Wahl hat ein Armer in der Regel nicht. Mein Vater würde nie über den Verlust seines Modigliani hinwegkommen, so viel war sicher. Das Gemälde hing im Salon und war daher längst »vom roten Teufel gebissen«, um einen Ausdruck des falschen Adair zu gebrauchen. Meine Mutter würde ein paar Tränen wegen ihrer Designerroben vergießen, doch andererseits war dies die perfekte Ausrede, um für Wochen in New Yorker Luxusboutiquen zu verschwinden. Und was Mademoiselles Plattensammlung betraf …

Mademoiselle! In diesem Augenblick sah ich sie mit meinem Fahrrad auf das Haus zu rasen. Und direkt hinter ihr bog nun endlich auch der erste Löschzug in unsere Straße ein. Sie ließ das Rad aufs Trottoir fallen, raste die paar Stufen zur Haustür hinauf und schrie in das brennende Haus hinein: »Carlitos!«

»Mademoiselle!«, schrie ich von der anderen Straßenseite zurück. Doch da war sie schon in den Hausflur gestürzt.

»Mademoiselle!« Ich rannte über die Straße und blieb auf dem Trottoir stehen. »Mademoiselle!« Das Geknatter des Feuers war so laut, dass sie mich da drin unmöglich hören konnte. Und darum rannte ich nun ebenfalls die Stufen zur Haustür hinauf. »Mademoiselle!«

Der erste Feuerwehrmann – erst später erfuhr ich, dass es wieder der blonde Frank war – war vom Löschzug abgesprungen und packte mich am Kragen meines Rollkragenpullis: »Bist du verrückt? Weg da! Du bist wohl lebensmüde!«

Ich riss mich los und stürzte ins Haus. Die Treppe war unversehrt, aber derart verraucht, dass man nichts erkennen konnte. Doch ich kannte ja die Stufen und tapste hinauf. Schreien konnte ich nicht mehr.

Als ich zu mir kam, lag ich, in eine Decke gehüllt, auf dem Rasen unseres Nachbarn von der gegenüberliegenden Straßenseite. Neben mir, mit Sauerstoffflasche und in voller Brandschutzrüstung, Nick Kowalski, der mich offenbar schon seit einiger Zeit wachzurütteln versuchte. Da er auch einen Helm trug, dauerte es eine Weile, bis ich ihn erkannte.

»Wo ist sie?«, schrie er. Und als ich nicht reagierte: »Sag mir, wo sie ist! Ist sie im Haus?«

Ich nickte.

»Im Haus? Bist du sicher?«

Als ich abermals nickte, raste er über die Straße. Ich hörte die entsetzten Schreie seiner Kollegen, als er unter dem Wasserstrahl hindurch in das nun lichterloh brennende Gebäude stürzte: »Nick, bist du wahnsinnig?«, »Captain, das bringt doch nichts mehr!«, »Kowalski, zurück!«

Oben im Haus krachte ein Balken.

An den Transport zum Krankenhaus habe ich keine einzige Erinnerung. Als ich erwachte, lag ich in einem vollkommen weißen Zweibettzimmer des Georgetown University Hospital, wie mir die mürrische Krankenschwester widerwillig verriet.

»Ist das das Hochhaus in der Parkanlage?«

»So ist es.«

»Welcher Stock?«

»Fünfter.«

Die Freundlichkeit in Person. Natürlich hatte ich sie zuerst nach Mademoiselle gefragt, doch ich wusste nicht einmal mehr ihren Namen. So sehr ich auch nachdachte, er fiel mir einfach nicht ein. Das sei der Schock, sagte die Schwester. Welcher Schock? Ein medizinischer Begriff, den ich in meinem Alter ja doch nicht verstehe. Und jetzt solle ich endlich weiterschlafen. Ich hatte Lust, ihr zu sagen, dass ich sie nach meiner Entlassung für den Florence-Nightingale-Preis vorschlagen würde. Doch da war ich auch schon wieder weg.

Als ich erneut erwachte, war es Vormittag, und ein paar Stunden später wurde sie dann tatsächlich in mein Zimmer gerollt: Mademoiselle. Unendlich blass und das schöne Haar noch kürzer als meins, da sie damit offensichtlich ins Feuer geraten war. Ihr linker Arm war von oben bis unten mit einem Verband bedeckt, doch ansonsten schien sie keine größeren Verletzungen zu haben. So schien es mir zumindest, als die beiden Krankenschwestern sie von der Rollbahre auf das zweite Bett hievten. Sie steckte wie ich in einem dieser Krankenhauskittel, die hinten offen sind – ich sah also ziemlich viel von ihrer Haut. Und auch ihr Gesicht war glücklicherweise unversehrt.

Sie öffnete kurz die Augen und lächelte zu mir herüber. »Carlitos!« Doch bevor ich sie irgendetwas fragen konnte, war sie bereits wieder fest eingeschlafen. Und jetzt fiel mir endlich auch ihr Name wieder ein: Catherine Loucheron.

Erst gegen Abend waren wir dann so weit, dass wir miteinander reden konnten. Ich hatte eine Tasse Bouillon getrunken, Mademoiselle wollte nichts. Ihr heiler Arm war durch einen Schlauch mit einem Infusionsbehälter verbunden, der neben ihrem Bett an einer Stange hing. Das genüge ihr vollkommen, scherzte sie.

Und sobald die Krankenschwester das Zimmer verlassen hatte, brach es dann aus ihr heraus: »Er hat mir das Leben gerettet, Carlitos!«

»Wer?«

»Wer? Nick Kowalski!«

Ich war skeptisch: »Hat er Ihnen das erzählt?«

»Es steht sogar in der Zeitung. Ich war zuerst auf der Intensivstation, weil ich offenbar eine ziemliche Rauchvergiftung habe. Einer der Ärzte hat es mir vorgelesen. Nick Kowalski ist gegen alle Vorschriften in das brennende Haus gerannt. Das dürfen sie nicht, nicht einmal die Feuerwehrleute, wenn ein Brand sich einmal in einem bestimmten

Stadium befindet. Doch er ist einfach hinein. Bis zum Dachboden ist er rauf. Und weil er mich dort nicht gefunden hat, ist er wieder hinunter. Die Kellertür war durch einen brennenden Balken blockiert, den hat er einfach weggeschoben, stand in der Zeitung.«

»Sie waren im Keller? Ich dachte, Sie sind nach oben gerannt.«

»Und darum hast du versucht, die Treppe raufzukommen, ich weiß.«

»Das hat auch in der Zeitung gestanden?«

»Der blonde Frank ist hinter dir her und hat dich abgefangen. Der hat's denen wohl erzählt. Ist das nicht komisch? Du bist nach oben, weil du dachtest, dass ich dich bei meiner unpraktischen Veranlagung zuerst einmal oben suchen würde. Ich bin nach unten, weil ich sicher war, dass du bei deinem praktischen Verstand im Keller Schutz suchen würdest. Und als ich dann drin war, ist dieser Balken vor die Tür gekracht, und ich konnte nicht mehr raus. Und sämtliche Kellerräume vergittert! Alles schon voller Rauch! Offenbar hat er mich in deiner Werkstatt unter der Werkbank gefunden. Er hat eine Scheibe zertrümmert, und seine Kollegen haben von draußen die Gitterstäbe aufgeschweißt. Ich muss bereits mit einem Fuß im Grab gewesen sein. Auf alle Fälle hat er zwanzig Minuten gebraucht, bis ich wieder richtig geatmet habe.«

»Wer?«

»Nick Kowalski, wer sonst? Als ich zu Bewusstsein kam, kniete er neben mir auf dem Boden und presste seine Lippen auf meinen Mund.«

»Nick Kowalski?«

»Mais oui! Ich dachte, ich bin tot und im Himmel, ich schwör's!«

Sie versuchte zu lachen, doch das Sprechen hatte sie zu sehr angestrengt. Ich glaubte schon, sie sei eingeschlafen, als sie doch noch einmal begann: »Diesmal hast du aber wirklich ein bisschen übertrieben, findest du nicht? Wenn deine Eltern heimkommen, haben sie nicht einmal ein Bett.«

»Es sollte nur ein ganz kleines Feuer werden.«

Sie lächelte. »Für mich war's exakt die richtige Größe.« Und nach einer Weile: »Wie hat er nur erraten, dass ich im Haus war?«

»Ich hab's ihm gesagt. Ich war ja die Einzige, die gesehen hat, dass Sie hineingerannt sind. Als mich der Blonde heraustrug, war ich offenbar ohnmächtig und so weiter. Aber er hat mich so lange geschüttelt, bis ich's ihm sagen konnte.«

»Wer hat dich geschüttelt?«

»Nick Kowalski. ›Wo ist sie? Wo ist sie? Ist sie im Haus?‹«

»Hattest du den Eindruck, dass er sich um mich sorgt?«

»Sorgt? Er hat ausgesehen wie einer, der vor Angst überschnappt.«

Sie hob den Kopf und sah zu mir herüber: »Das hast du nicht geträumt?«

»Hundertprozentiges Ehrenwort!«

Ich sah, wie sich ihre kieselsteingrauen Augen mit Tränen füllten. Kurz darauf schlief sie wieder ein.

Der nächste Tag war der 21. November. Im Gegensatz zu Mademoiselle, die noch immer die meiste Zeit schlief, fühlte ich mich von Stunde zu Stunde wohler. Wir lagen nun schon seit zwei Tagen in diesem Zimmer, und langsam begann es mich zu wundern, dass uns außer Ärzten und Schwestern niemand besuchte. Und außer dem Assistenten, der Mademoiselle auf der Intensivstation betreut hatte, hatte auch niemand Blumen geschickt. Wo waren meine Eltern? Der Flug von Buenos Aires nach Washington dauerte keine zehn Stunden – war es ihnen egal, was mit ihrer Tochter geschehen war? Interessierte es sie nicht wenigstens, ob ihr Haus noch stand?

Am Nachmittag kam dann aber doch der erste Besucher. Ein unglaublich dicker Mann mit einem superbreiten Ehering, der sich als Anwalt der argentinischen Botschaft vorstellte. Er setzte sich in den einzigen Sessel und wischte sich mit seinem Taschentuch den Schweiß von der Stirn: »Ist gar nicht so einfach, hier hereinzukommen! Ich habe natürlich gewusst, dass die da sind. Aber drei Polizisten, um ein Kinderfräulein und ein Kind zu bewachen?«

»Was für Polizisten?«, fragte Mademoiselle.

Doch der Anwalt tat, als sei sie gar nicht vorhanden. Er steckte sein Taschentuch in die Brusttasche zurück und wandte sich an mich: »Du bist also die kleine Carlota? Deinen Vater kenne ich natürlich sehr gut. Zunächst einmal Grüße. Es hat zwei Tage gedauert, bis wir deine Eltern aufgespürt haben. Wie du sicher weißt, waren sie in Patagonien auf Wildschweinjagd. Inzwischen dürften sie aber auf dem Weg nach Washington sein. Spätestens morgen wird deine Mami an deinem Bettchen sitzen.«

»Was für Polizisten, Monsieur?«, wiederholte Mademoiselle.

»Nun, die da draußen.«

»Da draußen sind Polizisten?«

»Wie ich gesagt habe. Drei.«

»Das glaube ich Ihnen nicht!«

»Ich auch nicht!«, sekundierte ich halbherzig. Denn glauben tat ich's ihm längst.

»Dem kann abgeholfen werden ...« Er ging zur Tür und winkte kurz in den Korridor. Im Nu stand ein voll uniformierter Polizeibeamter in der Türöffnung unseres Krankenzimmers. »Danke«, sagte der Anwalt und schloss die Tür wieder.

»Wir stehen unter Polizeischutz?«, fragte Mademoiselle.

»Habe ich etwas von Schutz gesagt?«

»Wir werden bewacht?«, fragte sie entgeistert.

»Wie zwei Verbrecher, meinen Sie?« Ich war diejenige, die es aussprach.

»Geben die euch denn nicht einmal Zeitungen?« Er öffnete sein Aktenköfferchen, holte ein paar Zeitungsausschnitte heraus, die er jedoch nicht Mademoiselle übergab, sondern mir. Denn als Kind war ich hier ja auf jeden Fall die Unschuldige. »Das könnt ihr dann alles in Ruhe lesen. Im Augenblick nur so viel: Keine Aussage! Du, Carlota, wirst als Kind sowieso nur in Anwesenheit deiner Eltern sprechen, verstanden? Und Sie, Miss, gelten im Augenblick noch als vernehmungsunfähig. Das habe ich mit den Ärzten vereinbart, und so wird es heute auch an die Presse gehen. Wenn Carlotas Eltern zurück sind, sehen wir weiter.« Er grüßte in Richtung unserer Betten und ging hinaus.

Die folgende Stunde verging mit dem Lesen der Presse, und das war leider nicht nur die örtliche. Selbst die *New York Post* hatte unserer Sache eine ganze Seite gewidmet mit Fotos von Mademoiselle und von mir, aber auch von Nick Kowalski und der esoterischen Luisita. Eine Serie von mysteriösen Brandanschlägen in Georgetown, dem vornehmsten Viertel Washingtons, stehe kurz vor der Aufklärung. Stark verdächtig sei eine gewisse Catherine Loucheron, Gouvernante bei einer hochrangigen argentinischen Diplomatenfamilie, die offensichtlich in Komplizenschaft mit der Tochter des Hauses eine Serie von Bränden gelegt habe, die einen Schaden von mindestens zehn Millionen Dollar verursacht hatten. Der entscheidende Hinweis sei von der Verlobten des Captain der örtlichen Feuerwehr gekommen, ihres Zeichens Friseuse, die diesen der Mittäterschaft bezichtige. Doch während Gouvernante und Kind, die offenbar versehentlich zu Opfern der eigenen Brandstiftung geworden seien, im Georgetown University Hospital unter strenger Polizeibewachung medizinisch betreut würden, sei der Captain der Feuerwache, Nick Kowalski, spurlos verschwunden. Aber es wäre ja nicht das erste Mal, dass ausgerechnet ein Angehöriger der Feuerwehr in einen Fall von Pyromanie verwickelt sei. Man müsse abwarten, bis sich die Gouvernante, eine Französin von spektakulärer Schönheit, im Zustand der Vernehmungsfähigkeit befinde.

Mademoiselle reagierte als Erste: »Wir sitzen also in der Falle.«

»Sieht ganz so aus.«

»Carlitos, du bist unschuldig, verstanden? Du weißt und wusstest von nichts!«

»Ich bin ein Kind, mir können sie nicht viel antun. Ein Diplomatenkind! Sie wussten von nichts!«

Mademoiselle setzte sich in ihrem Bett auf und blickte zum Fenster: »Wie hoch sind wir hier? Vielleicht kommen wir durchs Fenster weg?«

»Fünftes Stockwerk.«

Sie ließ sich in ihr Kissen fallen: »Zu hoch.«

Doch es war nicht zu hoch. Nicht für einen wie Nick Kowalski. Dieser Teil wird am schwersten zu erzählen sein, ich weiß. Am schwersten zu erzählen, weil er am schwersten zu glauben ist. Doch ich schwöre, dass es sich genau so zugetragen hat: Es war ein Happy End wie im Film. Wie in einem der

Filme von früher, denn heute würde kein Drehbuchautor es wagen, ein derart glückliches Ende zu erfinden.

Ich weiß nicht, wie spät es war, jedenfalls war es dunkelste Nacht. Wenn in unserem Krankenzimmer nicht dieses Notlicht gebrannt hätte – das stellen sie an, damit die Schwester kein Licht machen muss, wenn sie nach dem Patienten sieht –, hätte man die eigene Hand nicht gesehen. In diesem Notlicht stand Mademoiselle und rief leise meinen Namen.

»Carlitos … Carlitos, wach auf! Ich will mich von dir verabschieden.«

»Verabschieden?« Sie hatte mich wirklich aus allertiefsten Träumen geholt.

»Ja, ich muss gehen.« Sie stand da wie eine Statue, was außer der unwirklichen Beleuchtung wohl auch daran lag, dass sie über ihrem kurzen Krankenhausnachthemd eines der weißen Betttücher drapiert hatte.

»Aber das geht doch nicht! Die Polizei sitzt vor der Tür!«

»Ich weiß, aber …« Sie drehte sich um und zeigte zum Fenster.

Ich setzte mich auf und blickte ebenfalls zum Fenster, und dabei kam mir zumindest für den Bruchteil einer Sekunde jedes Gefühl für die Realität abhanden. Jedenfalls war es das erste und einzige Mal, dass ich ernsthaft an die Möglichkeit von Erscheinungen glaubte. Denn in dem geöffneten Fenster war, von der Taille aufwärts, Nick Kowalski zu sehen, und der winkte nun lächelnd zu mir herüber. »Hallo, Küken«, sagte er leise. »Tut mir leid, dass wir dich wecken mussten.«

Mein Blick muss so entgeistert gewesen sein, dass Mademoiselle das Lachen kam. »Nein, er schwebt nicht da draußen herum«, flüsterte sie. »Er steht auf der Leiter des Feuerwehrwagens. Und auf der werden wir gleich hinunterklettern.«

Sie setzte sich auf mein Bett. »Carlitos, wir haben nicht viel Zeit, und darum muss ich jetzt ganz schnell Adieu sagen.« Sie nahm mich in die Arme und drückte mich ganz fest an sich. »Vielleicht werden wir uns nicht wiedersehen, das ist immerhin möglich. Vielleicht wollen wir uns gar nicht wiedersehen, weil neben dem, was wir miteinander erlebt haben, alles andere banal wäre. Aber ich möchte, dass du eins ganz genau weißt: Ich werde dich nie, nie, nie vergessen!« Als sie mich losließ, standen ihre Augen voller Tränen. »Charlotte, mon amour. Je te dois tout mon bonheur!«

Sie drückte mir einen Kuss auf die Stirn, ging zum Fenster und schwang sich auf den Sims, von wo ihr Kowalski auf die andere Seite half. Und nun sprang auch ich aus dem Bett und machte die paar Schritte in Richtung Fenster. Dort standen sie nebeneinander wie ein gerahmtes Hochzeitspaar: sie ganz in Weiß, er in seiner Feuerwehruniform. Das Gefühl, noch zu träumen, wollte einfach nicht weichen.

»Mach's gut, Mädchen.« Kowalski grinste. »Und

jetzt keine Feuer mehr, verstanden? Was ist es eigentlich diesmal gewesen?«

»Farbverdünner.«

Er lachte leise: »Nicht schlecht.«

Sie standen bereits zwei Stufen tiefer – nur noch ihre Köpfe waren im Fenster –, als es mir endlich einfiel: »Wohin geht ihr?«

Mademoiselle sah lächelnd auf Kowalski: »Keine Ahnung, ich habe ihn nicht gefragt.«

Sie warf mir eine Kusshand zu, und dann begannen sie endgültig mit dem Abstieg. Ich blieb am Fenster und sah ihnen zu. Die Leiter war Teil des Löschwagens, den er mir bei dem Besuch auf der Wache gezeigt hatte. Sie war auf die maximale Höhe ausgezogen – wenn wir einen Stock höher gelegen hätten, hätte sie schon nicht mehr gereicht. Sie bewegten sich sehr schnell, Kowalski zwei Stufen unter Mademoiselle, damit er sie notfalls auffangen konnte. Doch sie kletterte so behende, als habe sie nie etwas anderes getan, als Feuerwehrleitern hinunterzuklettern. Anfangs schaute sie immer wieder zu mir herauf, und ich winkte zu ihr hinunter. Doch bald konnte ich ihr Gesicht in der Dunkelheit nicht mehr erkennen. Wenn sie nicht das weiße Leintuch getragen hätte, hätte ich nicht einmal wahrgenommen, dass sie unten ankam.

Doch dann begann Kowalski die Leiter einzufahren, und ein Weilchen später hörte man ihn den Motor anlassen. Er fuhr mit seiner spektakulären Beute im Dunkeln bis zur Straße, erst dort machte er im Weiterfahren die Lichter und gleich darauf auch noch die Sirene an. Es klang wie Triumphgeheul, und ich bin fast sicher, dass er die Sirene meinetwegen eingeschaltet hatte. Vorsichtig war es jedenfalls nicht.

Was bleibt zu sagen? Normalerweise hätte sich aus alldem wohl ein ziemlicher Skandal ergeben: ein Feuerwehrmann, der seine Position dazu missbraucht, eine der mehrfachen Brandstiftung verdächtige Französin aus dem Krankenhaus zu entführen. Doch die Geschichte kam dann nicht einmal in die Zeitung. Der folgende Tag war der 22. November 1963, und mittags um 12.30 Uhr fielen die Schüsse von Dallas. Jeder kann sich vorstellen, wie es danach in Washington zuging. Für Wochen, nein, Monate, gab es kein anderes Thema als die Ermordung John F. Kennedys.

Was mich betrifft, so wurde ich nach meiner Entlassung aus der Klinik einer Psychiaterin überstellt, bei der ich mich dreimal in der Woche zu einem Gespräch einzufinden hatte. Doch der Psychiater muss erst noch geboren werden, der aus mir herauskriegt, was ich nicht sagen will. Mrs. Engel war eine aus Deutschland stammende Jüdin, die als Dreizehnjährige – auch ich hatte unterdessen meinen dreizehnten Geburtstag gefeiert – unter den abenteuerlichsten Umständen vor der Gestapo hatte fliehen müssen. Ich hätte mich zu Tode geniert, einer solchen Frau von meinen albernen Problemchen mit

Mami und Papi zu erzählen. Ich weiß, dass so was den meisten Leuten, die zum Analytiker gehen, überhaupt nichts ausmacht. Für sie ist der eine Art hoch bezahlte Müllabfuhr für den Mist, den sie in ihren Köpfen angehäuft haben, den sie selbst freilich für hoch interessantes Denkmaterial halten, das ihnen nun bei ihrer hoch interessanten Suche »nach sich selbst« im Wege ist. Ich weiß bis heute nicht, wie ich es fertig brachte, doch schon nach der dritten Sitzung waren wir so weit, dass wir uns fast ausschließlich über die furchtbare Kindheit von Mrs. Engel unterhielten.

Was nun die Brände angeht, so wurde der letzte als Fahrlässigkeit des im Verborgenen rauchenden Diplomatentöchterchens deklariert. Die übrigen Feuer wurden gar nicht mehr erwähnt, und die Anzeige gegen Mademoiselle wurde als böswillige Verleumdung einer verlassenen Geliebten abgetan. Eine Gouvernante, die zur Errettung des ihr anvertrauten Kindes ihr Leben riskiert, konnte unmöglich eine Kriminelle sein.

Mademoiselle war und blieb allerdings verschwunden, und auch von Nick Kowalski hat man nie wieder etwas gehört. Als ich nach etwa einem Jahr einmal dessen Privatnummer wählte, kam nicht wie erwartet die esoterische Luisita ans Telefon, sondern der falsche Adair. Ja, er lebe jetzt in der Wohnung und habe auch die Versorgung der Brieftauben übernommen. Die besagte Luisita sei kurz nach Kowalskis Verschwinden nach Kalifornien gezogen, von wo sie ihm dann und wann eine Karte schicke. Offenbar habe sie einen Glaubensbruder geheiratet, mit dem sie eine Praxis für Rückführungen betreibe.

»Rückführungen wohin?«

»In ein früheres Leben«, entgegnete der falsche Adair ungerührt. Nein, leider, von Kowalski wisse er so wenig wie ich. Kein Mensch habe je wieder ein Lebenszeichen von ihm erhalten. Ob ich mal mit ihm zum Fußball gehen wolle.

Ich kaufte eine Postkarte, auf der ein Taubenpärchen abgebildet war, steckte sie in einen Umschlag und schickte sie ohne Absender an die Adresse von Mademoiselles Eltern in Biarritz. Auf die Karte hatte ich mit Druckschrift geschrieben, man könne zurückfliegen, die Katze habe ihr Gebiss verloren – womit ich sowohl die esoterische Luisita als auch die US-Justiz meinte. Mehr wollte und konnte ich nicht riskieren. Eine Antwort erhielt ich nicht.

Ein halbes Jahr später wurde mein Vater wieder einmal versetzt. Nicht wie erhofft nach Paris, sondern nach Stockholm, als Botschafter nun freilich – doch meine Französischstunden waren damit umsonst gewesen. In Stockholm ließen meine Eltern sich dann endlich scheiden, da mein Vater gleich nach der Ankunft ein Verhältnis mit einer blutjungen Schwedin begonnen hatte. Ich zog mit meiner Mutter erst nach Wien und dann nach London. Und seltsamerweise hat sich dort aus meinem bis dahin nur vorgetäuschten Interesse am Geigespielen – das ich eigentlich nur begonnen hatte, um die Lektionen bei Mr. Pilgrim loszuwerden – eine echte Leidenschaft entwickelt. Kurz, ich wurde Geigerin. Und da ich es nach einigen Kämpfen zum Mitglied der Londoner Philharmoniker brachte, musste ich nun noch mehr umherreisen als in meiner Kindheit als Tochter eines Diplomaten. Nach einem Konzert im New Yorker Lincoln Center gab es einmal einen Empfang, zu dem auch Caroline Kennedy erschien. Sie war jetzt eine attraktive junge Frau, und im Gegensatz zu damals schien ihr das Repräsentieren sogar ein wenig Freude zu machen. Oder vielleicht hatte es ihr auch tatsächlich unsere Musik angetan. Wir plauderten eine ganze Weile, doch natürlich erwähnte ich nicht, dass wir als Kinder beinah einmal miteinander gespielt hätten.

An Mademoiselle dachte ich jeden Tag. Und wenn es mir einmal gelang, nicht an sie zu denken, begegnete sie mir nachts bestimmt in irgendeinem meiner Träume. Und die waren zwar oft unverständlich oder banal, aber niemals beängstigend. Einmal spazierten wir zum Beispiel auf einer steinigen Mole ins Meer hinaus, und als wir zur Spitze kamen, gab sie mir zwei ihrer superleichten Küsschen.

»Warum nur zwei?«, protestierte ich.

»Es sind immer nur zwei gewesen.« Sie lächelte.

Doch da wir schon beim Zählen waren, erinnerte ich sie, dass sie mir von den sechs Regeln ihres Vaters nur die erste verraten hatte.

»Und die lautet?«, fragte sie.

»Den ersten Schritt hat immer der Mann zu machen.«

»Bei den übrigen verändert sich nur die Zahl. Zweite Regel: Den zweiten Schritt hat immer der Mann zu machen. Dritte Regel: Den dritten Schritt ... Und so weiter. Erst den siebten darf zuerst die Frau tun. Aber das sollte nur ein Schrittchen sein, sonst kriegt er es mit der Angst.«

»Aber bei Nick Kowalski ist es doch auch anders gelaufen?«

Sie sah mich an, das eine Auge kieselsteingrau, das andere fast schwarz: »Nick Kowalski ist ja auch ein richtiger Mann.«

Ich weiß, ich hätte einfach nach Biarritz reisen und ihre Familie aushorchen können, doch dazu hatte ich zu viel Angst, etwas Negatives zu erfahren – die beiden mussten glücklich geworden sein! Auf einer Tournee durch Kanada konsultierte ich einmal eine Tarotlegerin. Natürlich gab ich ihr viel zu viel Geld und möglichst genaue Daten, denn ich wollte ja nur Gutes und Glaubhaftes hören: eine schöne Französin und ein Feuerwehrmann, über Nacht aus Amerika verschwunden – sie solle mir sagen, was aus ihnen geworden ist. Sie ordnete ihre zweiundzwanzig Karten zu einem Kreis und deutete auf drei, die nebeneinander lagen: Eine blond gelockte Frau, die unter Sternen sitzt, ein Mann zu Füßen eines einstürzenden Turmes, ein nacktes Pärchen, das sich unter einer fetten Sonne bei den Händen hält. Gute Nachrichten, sagte sie. Die beiden befänden sich in Paris, wo der Mann wieder eine Anstellung bei der Feuerwehr gefunden habe, und sie seien hundertprozentig glücklich. Und obwohl ich ihr natürlich kein Wort glaubte, hat mich diese Auskunft so sehr beruhigt, dass meine Gedanken an Mademoiselle danach seltener wurden. Und darum sage ich mir heute zuweilen, dass man einen Glauben vielleicht nie nach seinem Wahrheitsgehalt, sondern ausschließlich nach seiner Nützlichkeit beurteilen sollte. Aber gerade das wollen die Frommen ja nicht.

Die bewusste Tarotlegerin wollte mir auch noch von meinem eigenen Liebesleben erzählen, doch das kannte ich schließlich selber. Natürlich war unterdessen auch ich der Versuchung Ehe erlegen: Ich hatte geheiratet, mich scheiden lassen, wieder geheiratet, mich wieder scheiden lassen. Danach folgte eine ganze Reihe mehr oder weniger aufregender Affären. Mit einer Eigenart, die mir erst im Nachhinein auffällt: »Ich liebe dich« zu sagen – wie seinerzeit Mademoiselle im Stadion –, ich wollte immer die Erste sein, die es sagt. Als könne ich auf diese Weise in mir jenes Maß an Leidenschaft heraufbeschwören, das sie für Nick Kowalski empfunden hatte. Und all die Liebesbriefe, die ich schrieb!

Witzige, sentimentale, poetische, sarkastische, erotische – manchmal am selben Tag mit identischem Text an verschiedene Herren: Vielleicht würde ich die in mir schlummernden Talente zur alles verzehrenden Leidenschaft mit größerer Wahrscheinlichkeit zum Erblühen bringen, wenn ich die Saat möglichst breit streute …

Manchmal versuchte ich mich auch in der Rolle der Leidenden: »Ich hatte gehofft, dass Sie mich vielleicht eines Tages doch noch lieben würden«, schrieb ich an einen, von dem ich genau wusste, dass er mich gar nicht lieben konnte, weil er in derselben Komödie gastierte wie mein argentinischer Onkel Sergio, der mit dem Hund. Und natürlich gab es neben solch banalen immer wieder auch wichtige Geschichten, die sich schon dadurch unterschieden, dass ich keine Liebesbriefe schrieb. Doch wenn ich dann in den Armen einer dieser Männer lag, überfiel mich noch im Augenblick der größten Ekstase immer wieder dieser Gedanke: Das ist nicht wie bei Mademoiselle.

Und dann kamst du. An einem eisigen Januarabend, nach einem Konzert, in dieser, deiner Stadt. Und ich bin einfach hier geblieben und habe begonnen, all diese Feuer anzuzünden, um dich zu erobern.